BEST OF LITERATURE 世紀文選

女生徒

太宰治◎著

李桂芳◎譯

立村 LISWEN

序——不朽的璀璨風華

閱讀，可以開拓心靈的寬度，可以豐富人們的視野。一部文學作品，可以呈現出當代的意識型態與文化脈絡。經典文學作品，即是作家以生活爲素材、人性爲主題，交織出令人回味不已、永垂不朽的著作。

現今的科技一日千里，使得現代人的生活型態漸趨多元，聲光媒體的發達，更能即時給予人們感官上的刺激，但是在短暫的喧囂之後，卻相對顯現出心靈上的匱乏。如今，市面上的書籍已是汗牛充棟，任何種類、主題，雖然紛呈，但是能夠深刻感動人心，滿足人們對閱讀的渴望，正是那經過時間的洗禮，更煥發出熠熠風采的經典名著。

立村文化選書嚴謹、風格獨具，精選一系列世界名著，期能再次喚醒人們內心最純粹的感動，並且開創生命的喜悅，洞徹世紀文選歷久彌新的永恆祕密。

準備好了嗎？讓我們共赴這一場豐美的世紀饗宴。

深陷自我撻伐中的文學家

幾近淩虐儀式的自我質疑與解剖，讓太宰治三十餘部作品中，對於自我與日本社會的陳腐、虛僞和罪惡作了一次次深刻的挖掘。

太宰治，本名津島修治，生於一九〇九年六月十九日，日本青森縣北津輕郡金木村。津島家在當時是青森縣首屈一指的大地主、大富豪。父親津島原右衛門曾擔任衆議院議員、貴族院議員，同時經營銀行與鐵路。母親體弱多病，自小他由姑母及保母照顧下長大。兄弟姊妹共十一人排行第十，兄弟中排行第六。幼年時期少了母親的影響，改由保母養育長大的過往，對太宰的生涯有不可小覷的意義。自卑疏離與虛矯冷漠的困境中，那份身爲富家之子的誠惶誠恐，以及無法擺脫出身而隱然的內疚與罪孽。

中學時期成績優異，在校友會誌及同學編製的「同人雜誌」發表小說、雜文及戲劇。對芥川龍之介、泉鏡花的文學十分傾倒。高校時期對於芥川的自殺，產生了相當大的衝擊與影響，後來深陷馬克斯思想的困惑自殺未果。

一九三〇年，進入東大法文科，初會井伏鱒二，奉爲終生之師。然而漸與左翼運動有了交集，忙於參與共黨活動。藉著投身於其所認爲的「弱勢族群」的左翼，追求弱勢者的愛與連帶的幸福，但懷抱著熱情與悲憫本質的人，注定無法生存於政治世界，對於左翼運動的絕望與人際關係上的挫折，導致其不斷尋求自我毀滅之道。

太宰的創作自中學時代就已經開始。於一九三五年因短篇《逆行》成爲第一屆芥川賞的候選作品，被認爲是新進作家。後來出版多部帶有哀切的抒情作品集《晩年》、《虛構的徬徨》、《二十世紀旗手》、《女生徒》。

一九三九年，太宰治三十歲，在井伏鱒二作媒下，與石原美知子結婚，暫時進入安定的生活。隱藏著青春期陰沉的悔恨，帶著中年生活者的自覺，繼續地維持家庭與鑽研文學，因此發表《滿願》、《快跑、梅樂斯》、《越級訴訟》等多部著名作品。並於同年秋以《女生徒》一書獲第四屆北村透谷獎。

一九四一年，長女園子誕生，經北芳四郎的鼓勵，探訪重返十年不見的金木村老家。次年母親病危，偕妻返家照顧母親，並發表《新哈姆雷特》、《千代女》、《控訴》、《風的訊息》等著作。

一九四四年，陸續發表《裸川》、《佳日》，東寶電影公司還將《佳日》拍成電影。八月長男正樹誕生，婚後處於安定期的太宰，收起早年支離破碎的文體，呈現出明朗、溫柔、充滿善意的，但對於敏銳沉靜又執著的太宰治而言，這段安定期卻只是他晚期淒絕的自我毀滅前的熱身運動罷了。這段期間正是日本帝國有史以來最狂飆的時代，中日戰爭面臨膠著狀態，太平洋戰爭又起，全日本籠罩在自信滿滿地試圖以鮮血征服世界的氛圍中，這場充滿虛浮野心與頓挫悲情的戰爭，反而彰顯太宰治自毀自苦下的理性與銳利。

一九四八年，以《如是我聞》再度震驚文壇並著手寫《人間失格》，直到《第二手記》完成。隨著結核病的惡化，對於時代寵兒這樣的身分感到疲憊，與愛人山崎富榮在六月十三日深夜，於玉川上水投水自盡，結束其燦爛多感而淒美的一生。

太宰治消沉的一生始終沉浸在叛離舊價值的憧憬，以輕淺而生動的文字揭露著無可救藥的媚俗性，但弔詭的是，他卻迫不及待地落入大和民族另一個根深蒂固的傳統——在絢爛巔峰下的凋零之美。

女性獨白之美

太宰治是位非常感性的作家，他懷舊與毀滅性的衝突常能讓人感覺到他的熱情。

就太宰的文學而言，可分爲三期：前期從撰寫「晚年」起，是自我破壞期，對人生與社會具懷疑和不信任。中期是自一九三八年「滿願」發表始，歷經結婚生子的階段，雖些陰鬱但已相當明朗，不復以往的孤絕。後期則是自日本戰敗起，再回到自我破滅、自我撻伐的凄厲境界。

他的作品很少難解之處，也罕見冷酷、醜陋。閱讀他的作品，絕不會有被羞辱、傷害之感。這樣一位嚴以律己、寬以待人的人，其作品總像是在與我們溫柔地說話，清楚地知道我們的卑屈、落寞。太宰治善於描寫女人纖細的心理，《女生徒》一書，多爲太宰治中期以女性獨白形式抒發的作品集結，在細膩與感性中，流露出溫暖與懷舊的情懷，還有那深深的親切感。

這些獨白式的作品每篇都像在對讀者對話般地訴說心聲，讓人格外親近。讀者很容易地感受到少女、人妻的心聲，有種親近、溫暖和眞切的感動。關於太宰治這類的作品，另有「維揚的妻」與「斜陽」兩篇。

「燈籠」是他第一個以女性獨白體所寫成的文章。那份是非對錯的辯白與陳述，即使再平凡的主題，依舊會對我們的心靈提出強烈的控訴和反省，並藉著自我否定與毀滅，來提示現代人精神的荒涼與虛僞。

「女生徒」以匿名女性讀者所寄來的日記爲底本而創作出來的作品。描寫女學生從早到晚生活情況與心境變化的最佳作品。筆調舒暢，抒情細緻溢於全文，爲太宰治代表作之一，並獲第四屆北村透谷獎。

「雪夜的故事」中以少女的立場來闡述戰爭時代東京地區民風，並闡述一段遇船難水手的插曲，藉此表現出作者安於平靜生活中。

「蟋蟀」那位對於丈夫的轉變與功利虛僞，深陷於厭惡與不屑的矛盾中不斷壓抑的畫家妻子，似乎如同太宰治對於世人附庸攀權、恃寵而驕的輕浮，心中深深的吶喊。

「阿三」這篇文章裡，旁觀著丈夫不忠的掙扎，憂鬱、煩躁而怯懦，面對道德與情慾的矛盾，折磨著自己與旁人，最後只有藉高尚理由爲自己的殉情脫罪，對於一切看在眼裡的妻子，只有加深無奈的嘆息。

「千代女」中那位被迫寫作的少女、「皮膚與心」自卑的圖案家之妻、「葉櫻與魔笛」的姐妹之情、還有「貨幣」藉由擬人化的百元紙幣，述說著人情冷暖……對我們而言，彷彿都是熟悉的鄰人。她們懷抱的喜與憂，都如同我們切身之感。這些獨白式的作品，每篇都像在對讀者說話般地訴說心聲，讓人格外親近。讀者很容易地感受到少女、人妻的心聲，有種親切、溫暖和真切的感動。

目錄

序——不朽的璀璨風華 5
深陷自我撻伐中的文學家 6
女性獨白之美 9
皮膚與心……15
葉櫻與魔笛……39
燈籠……49
蟋蟀……57
等待……75

BEST OF LITERATURE

阿三……79
貨幣……99
羞恥……109
女生徒……123
千代女……169
招待夫人……187
十二月八日……199
誰都不知道……213
雪夜的故事……225
作者年譜 233

BEST OF LITERATURE

皮膚與心

噗！左乳下方，我發現了一顆像小豆豆般的膿包。仔細一瞧，那膿包周圍，又有幾顆小的紅膿包像噴霧般散落在周圍。不過，一點都不癢。

我覺得很討厭，在澡堂裡以扒一層皮般很用力地以毛巾使勁地擦拭乳下，不過好像還是沒有辦法。回到家坐在梳妝台前，赤裸著胸，對著鏡子一看，覺得很不舒服。從大衆澡堂到我家，走路不到五分鐘，就在這一小段時間裡，範圍就從乳下擴及到腹部，像兩個手掌那樣大，看上去好像赤紅的熟草莓。對我而言，彷彿看到地獄圖畫，頓時天地變色。從那時候起，我已不再是昔日的我，不再覺得自己像個人。所謂的暈倒，大概就是指這樣的狀態吧！我一直呆坐著。

烏雲悄悄地圍在身旁，我已經遠離現在這個世間，從那時候起，我只聽得見微弱的聲音，無時無刻沉重地從地底下冒出來。

凝視著鏡中的裸身，像是淅瀝瀝地下雨般，這邊、那邊到處都冒起了紅色的小顆粒，頸部周圍、從胸口、腹部、背後，就像在繞圈子。我調整鏡子，照著背部一看，天呀！雪白背部像天女散花般，長滿紅色的顆粒，我不禁摀住臉。

「長了這玩意兒……」我讓他看。那是六月初的事。他穿著短襯衫、短褲，一副剛結東今天工作的樣子，閒坐在辦公桌前吸著菸。他站起來，朝著我東看西看，皺著眉仔細地瞧，並用手指到處觸摸。

「不癢嗎？」他問。不癢，一點都不癢，我回答。他感到納悶，在落日餘暉下，繞著裸身的我，很仔細地察看。他對我的身子總是非常仔細地留意。雖然不擅說話，卻是眞心地關心我。我清楚瞭解這件事，因此即使這樣站在燈光下，身子羞恥的被轉來轉去，一下朝西，一下朝東的，但我反而像在禱告般，心情平靜沉穩，非常地安心。我輕輕地闔上雙眼站著，有種就這樣到死都不要張開雙眼的感覺。

「我不知道耶！如果是蕁痲疹的話，應該是會癢啊！還是……痲疹？」

我淒涼地笑著。邊穿和服邊說：

「大概是皮膚過敏吧！因爲每次上澡堂時，我都很用力地擦拭胸跟脖子。」

應該是這樣吧！大概吧！他一說完，便到藥局買來一條白色稠狀藥膏，沉默地用手指塗抹我的身體。不知不覺我的身體變涼，心情也變得輕鬆了。

「應該不會傳染吧！」

「別擔心！」

雖然這麼說，但我知道他的感傷是一種同情我的心情，那樣的心情，從他的指尖，痛苦地在我的腐胸上發出聲響，並且打從心底希望我能趕快康復。

以前他就非常關心我醜陋的容貌，我的臉有很多可笑的缺點，他卻連這類玩笑話都未曾說過，眞的一點都沒有。他從不取笑我的長相，總是像晴空那樣清澈，一副心無旁鶩的樣子。

「我覺得妳很美喔！我很喜歡。」他常說這樣的話，我也常常感到困惑。

我們今年三月才剛結婚。說到結婚，我實在沒有辦法裝模作樣，明明心裏躁鬱不安，卻又故作鎮定地說出口。我們是很軟弱、貧困、害羞的。我已經二十八歲了。這樣的醜女是沒有什麼姻緣的。二十四、五歲的時候，我還有兩、三個機會，但現在……總歸一句，沒指望了。

主要是因爲我家沒有錢，母親一人，再加上妹妹和我，組成只有女性的家庭，會有什麼好姻緣，根本是沒有指望。這是一個慾望很深的夢，到了二十五歲，我才終於覺悟。就算一生不結婚，我也要幫助母親，養育妹妹，作爲我生存的價值。

妹妹和我相差七歲，今年二十一歲，她很有才能，也慢慢地不再任性，變成好孩子。

爲妹妹找到一位英俊的夫婿後，我就要活出自己的路來。在那之前，我留在家中，家計、交際全都由我張羅，我一直設法保衛這個家。一旦這麼覺悟之後，之前內心的瑣碎煩惱全都一掃而空，痛苦、寂寞也都離我遠去。在做家事之餘，我還會努力地練習裁縫，試著幫鄰居孩子訂製些衣服。

正當我朝著自己未來的路邁進時，有人向我介紹他。由於來說媒的算是亡父的恩人，父親的結拜兄弟，使我沒有辦法當下回絕。從談話內容來看，對方只有小學畢業，沒有雙親也沒有兄弟，是被亡父的恩人撿到，從小照顧過來的養子。當然對方也沒有什麼財產，三十五歲，是個小有技術的圖案工。月收入有時會超過兩百日幣，但有時又半點收入都沒有，平均起來，一個月是七、八十日幣。

還有，對方並不是第一次結婚，他和喜歡的女人一起生活了六年，前年兩人因某個原因分開後，他便因自己小學畢業、沒有學歷、也沒財產、年歲又大等等原因而對結婚這事徹底地死心，準備一生不娶，簡單過活，當一個單身者。對此，亡父的恩人表示：就是太隨性，才會被人當成怪人，那也不太好，趕快給他討個媳婦，我才可以稍微放心。聽到這些話，那時我和母親不禁面面相覷。

因爲這實在不是一門好親事。就算我是個嫁不掉的醜女，但我又沒做錯什麼事，爲什麼非要和那樣的人結婚不可？一開始很生氣，後來又覺得很難過。除了拒絕，別無他法，可是來說媒的是亡父的恩人、結拜兄弟，母親和我不能立刻拒絕，就在我軟弱地遲疑中，突然覺得他很可憐。

他一定是個溫柔的人，我也只是女校畢業，沒有什麼特別的學問，又沒有很多的錢。父親已去世，是個沒勢力的家庭。而且，看看自己，一個醜女人，算一算還是個老女人，我實在也沒什麼優點。說不定我們會是相配的夫妻。反正，我是不會幸福的。想到若拒絕會很對不起亡父的恩人，我的心情也就慢慢地趨於和緩，難爲情的是，我可以感覺到自己的臉頰正微微地發熱。母親臉上擔心地詢問：妳眞的願意嗎？然而，我什麼都沒與母親商量，當下就直接允諾了亡父的恩人。

婚後，我很幸福。不！應該說果然很幸福。或許以後會受到懲罰吧！因爲我被照顧得無微不至。他總是很軟弱，再加上曾被卑賤的女人給拋棄的緣故，更是一副唯唯諾諾的樣子，實在很令人受不了，一點自信都沒有，又瘦又小，長相也很寒酸。他對工作很賣力，讓我震驚的是他的圖案，只要看上一眼就會記住。好個奇緣！當初試著去拜訪他，確定婚事時，就像是已經愛上他似的，我的心噗通噗通地直跳。銀座那家名化妝品店的薔薇藤蔓商標就是他設計的。不只是那個，那家化妝品店所推出的香水、肥皂、蜜粉等商標設計以及報紙廣告，全都是他的圖案。

聽說十年前開始，就已是那家店的專屬，不同顏色的薔薇藤蔓標籤、海報、平面廣告全是由他一個人繪製的，到現在，那個薔薇藤蔓圖案，連外國人都記得，即使不知道那家店的店名，只要看到那典雅的薔薇藤蔓，便會一直記住它。

我也是自女校開始，就知道那個薔薇藤蔓的模樣。我莫名地被那圖案所吸引，離開女校後，我的化妝品，全都是使用那家店的產品，可以說是它的支持者。但我想都沒想過那個薔薇藤蔓的設計者是誰，眞是迷糊。不過，不只是我，我想世上的人，想必全都只看著報上這美麗的廣告，不會去想那個圖案工吧！圖案工，就好比抬轎者。

嫁給他之後，過了一段時間，我才開始注意到這件事。知道的當時，我很高興，興奮地說：

「我從女校開始，就非常喜歡這個圖案了。原來是你設計的啊！好高興！我眞幸福。原來早在十年以前，就已經和你有緣了。看來嫁到這邊，是早就注定了。」

「別戲弄我。那是技工的工作唷！」他紅著臉，打從心底難為情，眨著眼睛，無力地苦笑，一副悲傷的神情。

他總是貶低自己，雖然我什麼都沒想到，但他卻對學歷以及再婚、貧窮等事情，非常在意，耿耿於懷。

這樣的話，像我這樣的醜八怪，又該如何是好呢？夫婦兩人都沒有自信，侷促不安，所以彼此的臉都布滿羞紋。

他有時會對我很撒嬌，至於我，因為已是二十八歲的老女人，而且長得又這麼難看，再加上看到他沒有自信、卑賤的樣子，怎樣都沒辦法純真可愛地向他撒嬌，儘管心裡愛慕他，但我總是莊重、冷淡地回應他。於是，他更顯憂鬱。

我就是很明白他的感覺，才會倍感壓力，與他完全相敬如賓。他似乎也很清楚我沒有自信，常常會若無其事彆扭地稱讚我的長相或和服的花紋等等，因為知道他別有用心，所以我一點都不高興，胸口梗塞難過地想哭。

他是一個好人。那卑賤女人的事，我眞的都沒有察覺到。託他的福，我總是忘記這件事。說到這個家，這是我們結婚後新租的房子，他之前一個人住在赤坂的公寓，應該是考慮到不想留下不好記憶以及對我體貼的關心，他把以前同居的家具全都清理賣掉，只帶著工作的用具，搬到築地的這個家。然後，我向母親那邊拿了一些錢，兩人一點一滴地購買家具，被褥、衣櫃都是我從娘家帶來的，完全沒有那卑賤女人的影子，現在，我已很難相信他曾經跟我以外的女人一起生活了六年。

說眞的，如果他不那麼自卑，對我兇一點，斥責我、蹂躪我的話，我也許能純眞地唱歌，盡情地向他撒嬌，我們家也一定可以變得很開朗。兩個人都自覺醜陋，不善辭令，他大概比我來得自卑。

雖說他只有小學畢業，但就學識來看，他與大學畢業的學士並無二致。說到記錄，他擁有相當多的嗜好，且會在工作空檔認眞地閱讀我從未聽過的外國新小說家的作品，還創造了那個世界性的薔薇藤蔓圖案。

儘管他常常嘲笑自身的貧窮，但那一陣子工作很多，有一百日幣、兩百日幣等大筆金額入帳。即始我們沒什麼錢，他還是會想要帶我去伊豆的溫泉。不過，他到現在仍然很在意被褥、衣櫃、其他家具是拜託我母親買來的。他那樣地在意，我反而覺得羞恥，好像做了什麼壞事。不過都是些便宜貨！我難過地想哭，看來因同情、憐憫而結婚是個錯誤，也許一個人生活會比較好。我曾在夜晚想著這些可怕的事，甚至腦中還想過要和更堅強的人在一起的可惡不貞念頭。我是一個壞人！

婚後第一次的美麗青春，就這樣灰暗地度過了，心中的悔恨使我猶如咬到舌頭般地痛苦，現在眞想用什麼方法將它塡補。

和他兩人靜靜地吃著晚飯時，有時仍會悲傷難抑，手上拿著筷子和飯碗，一臉哭喪著臉的樣子。都怪我的慾望，長得這麼醜，還指望什麼青春。只是讓人見笑罷了。我光是這樣就已經算是分外幸福了。一定是因爲這樣想，一直任性，所以這次才會長了這樣可怕的膿包。大概是塗藥的關係，膿包不再擴張，明天說不定就會好，我暗自地向神明祈禱後，便提早休息。

我邊睡，邊努力地思考而愈發覺得不可思議。不管生什麼病，我都不會害怕，只有對皮膚病，完全、完全沒辦法。怎樣辛苦、怎樣貧窮都好，我就是不想得皮膚病。儘管我不知道缺腳、缺手會比患皮膚病來得有多嚴重。

在女校，生理課時有教到各種皮膚病的病菌，我全身發癢，很想把教科書上刊載著那個病蟲、巴米蟲照片的那一頁撕毀。老師的神經似乎比較遲鈍，不，即使是老師，也沒有辦法平心靜氣地教授。因爲職務的關係，必須努力忍耐，裝作一副理所當然的樣子授課。我愈覺得事情是這樣，就愈對老師的厚顏無恥感到萬般難耐。生理課結束之後，我和朋友做了討論。痛、搔癢、發癢，哪一個最痛苦？對於這樣的議題，我斷然地主張發癢是最可怕的。難道不是嗎？痛苦、搔癢，自己都還會有知覺上的限度。被打、被砍或者被搔癢，當那痛苦達到極限時，人一定會失去意識。昏迷之後，便是進入夢幻的境地。會昇天，可以從痛苦中美麗地解脫。就是死，應該也沒什麼關係吧！但是，發癢，卻像潮水，漲潮、退潮、漲潮、退潮，只是淺淺地、緩慢地蠕動、蠢動，絕不會達到臨界的頂點，所以不會昏厥，也不會死亡，只能永遠地痛苦、掙扎。不管怎麼說，沒有比發癢更難受的痛苦。

就算是在過去的白洲受到拷問，被砍、被打或者被搔癢，在那樣的情況下，我也不會說出實情的。那個時候，我一定會昏厥，繼續二、三次之後，我大概就會死去。我才不會吐出實情，我會拚上烈士的性命，誓死保密。不過，如果拿來滿滿一竹桶的跳蚤、蝨子或疥癬，說著「要把這些東西倒到背上」，我就會全身汗毛豎立，渾身打顫叫救命，不顧烈女的身分，兩手緊握，哀求對方。光是想，就厭惡地想要跳起來。當我在休息時間對朋友這麼說之後，朋友們全都產生共鳴。

有一次在老師的帶領下，全班去上野科學博物館，但一到三樓標本室，我突然大聲慘叫，哇哇大哭。笨蛋！我大叫，有股想要用棍棒把玻璃敲得粉碎的心情。之後的三天，我輾轉難眠，不知為什麼好癢，食不下嚥。我連菊花都討厭。小花瓣一片一片地，好像某個東西。即使看到樹幹凹凸不平的樣子，全身也會突然發癢。我無法理解能平心靜氣吃下香菇的人。

牡蠣殼、南瓜皮、蟲吃的葉子、芝麻、章魚腳、蝦子、蜂巢、草莓、螞蟻、蓮子、蒼蠅，我全都討厭。也討厭標註的假名。小假名看起來像虱子，茱萸、桑果也都討厭。看到月亮放大照片，我也覺得噁心，即使是刺繡，觸摸著圖案花紋，我也會無法忍受。由於那樣討厭皮膚病，很自然地對皮膚也格外用心，到現在未曾有過長膿包的經驗。結婚之後，我每天還是會到澡堂用米糠搓洗身體，一定是搓揉過頭了。長出這樣的膿包，實在讓人覺得又悔又恨。我到底做錯什麼？說到神明，祂實在太過分了。竟然讓我得了最討厭、噁心的東西，又不是沒有其他的病了，像是正中紅心，居然讓我落進我最害怕的洞穴裡，我深深地感到不可思議。

隔天早上，天剛破曉，便起床，悄悄地照著鏡台，啊！我是妖怪。這不是我的身體。

全身看起來像個壞掉的蕃茄，脖子、胸部、肚子上皆冒出奇醜無比，像豆子般大小的膿包。全身像是長角，冒出香菇般，膿包布滿整面，嘻嘻嘻地在奸笑著。已經慢慢擴張到兩腳的部分了。鬼！惡魔！我不是人！就這樣讓我死了吧！我不能哭。變成這麼醜惡的身體，還抽抽噎噎地哭，不但一點都不可愛，還會像個日漸熟透的柿子，變得滑稽、淒涼、束手無策。我不能哭，要隱藏起來。他還不知道。我不想讓他知道，本來就很醜陋的我，又變成這樣腐爛的肌膚，我已經沒有什麼可取之處了。是紙屑？是垃圾筒？變成這樣，他也沒有什麼詞彙能安慰我了吧！我討厭什麼安慰，若還是繼續寵愛這樣的身體，我會輕蔑他。

討厭！我好想就這樣分手！別再寵我了！不要看我，也不要在我旁邊。啊！好想更、更寬敞的房子，好想就在遙遠的屋子裡終此一生。如果沒結婚，該有多好。如果只活到二十八歲，該有多好。十九歲的冬季，患肺炎時，如果那時候沒康復就這樣死去該有多好。如果那時候死了的話，現在就不會遭遇到這麼痛苦，慘不忍睹的情況。我緊閉住雙眼，一動也不動地坐著，只是呼吸急促，那時候可以感覺到我的心已遭魔鬼盤據。整個世界萬籟俱寂，昨日的我已逝去。我緩慢地穿上獸皮般的和服，深深地感受到和服的美好。不管怎樣可怕的胴體，都能這樣好好地被隱藏起來。

我打起精神，往曬衣場走去，看著刺眼的太陽，不由得深深嘆了一口氣。耳邊傳來體操廣播的號令。我一個人開始悲傷地做著體操，小聲地唸著一、二、三，試著裝作很有精神的樣子。突然覺得自己很可憐，我趕緊繼續做著體操，覺得動作一停下來就會哭出來。不知道是不是當時激烈運動的關係，脖子和腋下的淋巴腺隱隱作痛，輕輕一摸，全都腫硬起來。當我察覺後，已無法站立，像崩潰般，整個人跌坐在地上。我很醜，到現在都是這樣小心、低調地忍耐著活到現在，爲什麼要欺負我，一種無與倫比的焦急憤怒地湧出，就在那時候，後面傳來他溫柔地嘟囔聲，

「哎呀！原來人在這邊啊！」「怎麼樣？好一點了沒？」

本來想回答好一點了，但突然對於他搭在我肩上的右手感到羞恥，我站起身說：

「回去了。」冒出這樣的話，連自己都變得不認識自己了。要做什麼，要說什麼，後果我自行負責。自己？宇宙？我已經全都無法相信了。

「讓我看一下！」他困惑沙啞的聲音聽起來很悠遠。

「不要！」我挪開身子，「這個地方長出一粒一粒的東西。」我兩手摸著腋下說。

放下雙手，倏地哭了起來，哇哇地叫著。這麼難看的二十八歲醜女，還撒嬌哭泣，多麼的淒慘啊！我知道這非常醜陋的，但淚水就是不停奪眶而出，口水也流出來了，我眞是一點優點都沒有。

「好了，別哭了！我帶妳去看醫生。」他的聲音第一次果決地響起。

那天，他請了假，查閱報紙的廣告，準備帶我去看只聽過一、兩次名字的有名皮膚科醫生。我一邊更換外出的和服，一邊問：

「身體一定要給人看嗎？」

「是啊！」他非常高雅地微笑回答。「不要把醫生當作男人唷！」我臉轉紅，覺得很高興。

走到外面，陽光絢爛，我覺得自己像是一隻醜陋的毛毛蟲。好希望在這病康復以前，世界一直都是黑暗的深夜。

「我不想搭電車！」結婚以來我首次這麼奢侈任性地說。膿包已經擴展到手背，我曾在電車上看到有著這麼恐怖手的女人，然後我連抓電車吊環都覺得不乾淨，害怕擔心會不會被傳染。對於「惡運上身」這個俗語，我當時還未能理解透徹。

「我知道了！」他以開朗的神情回答著，讓我坐上轎車。

從築地到日本橋高島屋裡的醫院，只要一點點的時間，但在這段時間裡，我有一種搭乘葬儀車的感覺。只有眼睛還活著，茫然地眺望初夏的巷道，走在路上的男男女女，誰都不會為我這樣的膿包感到不可思議。

到了醫院，和他一起進入候診室，在這個與世界完全不同的風景，我突然想起很久以前在築地小劇場[註❶]中看到「深淵」[註❷]這部戲劇的舞台場景。儘管外面是深綠，那樣地明亮，但這裡不知怎麼回事，即使有陽光還是光線微暗，漂浮著凜冽的濕氣。酸味撲鼻，連盲人都會想要亂竄。這邊雖沒有盲人，但總覺得那裡不對勁，我很訝異有很多老爺爺和老太太。瞬間我注意到這些眾多的病患中，可能只有我是患有最嚴重的皮膚病。我驚訝地眨著眼，抬起頭，偷偷地瞧著每一個病患，果然沒有一個人像我這樣亂長膿包的。

我從醫院玄關的看板得知這是一家專治皮膚病和一個無法說出口的討厭疾病的醫院，坐在那邊的男人看起來像個年輕俊美的演員，一副完全都沒有膿包的樣子，應該不是皮膚科，大概是一般的疾病，這樣一想，我彷彿可以感受到待在這候診室，垂頭喪氣坐著等死的人們所罹患的疾病。

「你要不要去散步一下。這邊很悶。」

「等會兒，好像就快輪到了。」他因爲閒得發慌，一直站在我身旁。

「嗯，輪到我大概已經中午了。這邊好髒，你不要待在這邊。」說出這樣嚴厲的話，連自己也覺得訝異。他像是柔順地接受，慢慢地點頭說：

「妳不一起出去嗎？」

「不！我沒關係。」我微笑地說，「因爲我待在這邊最輕鬆。」把他趕出候診室後，我也有些放心，靠著長椅，像身體酸痛般，闔上了眼睛。

從旁邊看來，我一定是像個裝模作樣，沉浸在愚蠢冥想中的老宮女吧！但是，這樣子對我最輕鬆。裝死！想起這樣的字，覺得很滑稽。不過，我開始慢慢擔心起來。誰都會有祕密，像感覺到有人在我耳邊小聲地說著討厭的話，我開始心神不寧。說不定，這個膿包也……，一時間我汗毛豎立，發覺從有膿包開始，他的溫柔、沒自信都不見了。當時我一定很滑稽，但就在那個時候，我第一次深切地發現，對他而言，我並不是第一個女人。我站也不是，坐也不是。被騙了！結婚詐欺！突然想到這樣差勁的字眼，好想追到他那邊，打他。我眞是個笨蛋。雖然一開始嫁給他就知道那件事，但現在才猛然察覺到他不是第一次，好後悔、好恨，可是不能重新再來。

他之前的女人，突然鮮明地往我的胸口襲來，眞的是第一次，我開始對那個女人感到恐懼、憎恨，到現在就這麼一次。之前從沒想到過那女人，對於自己的安心，我遺憾地想要哭。好痛苦，這就是所謂的嫉妒吧？如果，眞是這樣，嫉妒這東西是什麼都沒得救的狂亂，淨是肉體的狂亂。一點都不美麗，醜陋到極點。世界之中，大概還有我所不知道的討厭的地獄吧？我開始厭惡再活下去。自己悲慘地匆匆解開膝上的包裹，拿出小說，隨便亂翻，接著就從那邊開始閱讀包法利夫人[註3]。

愛瑪痛苦的生涯總可以安慰我。我深刻地覺得愛瑪這樣的沉淪，是最符合女人，最自然的方式。就像水往低處流，身體會衰老般的自然。女人，就是這樣的東西。有著不可告人的祕密，因爲，那是女人「與生俱來」的能力。一定會守著一個個的泥沼，這是很清楚的一件事。因爲，對女人而言，每一天就是她的全部。和男人不同，她不會考慮死亡之後的事，也不會思索。只願完成每一刻的美麗，溺愛著生活及生活的感觸。

女人之所以會珍愛茶碗、收藏漂亮花紋的和服，就是因爲只有那些東西才是眞正生存價值。每一刻的行動，都是活在當下的目的。此外，還需要什麼呢？高深的現實，完全地抑止住女人的悖德與超然，若能讓這些渴望直率地表現出來自我與身體，不知道會有多輕鬆，但對於心中女人這個深不可測的「惡魔」，每個人都不願碰觸，裝作沒看到，正因如此，發生了許多的悲劇。也許只有高深的現實才能眞正地拯救我們。

老實說，女人的心在結婚第二天就可以平靜地想著其他男人了。絕不能忽視人心！男女七歲有別，這個古諺語突然以可怕的眞實感撞擊我心，猛然發現，倫理這東西竟是如此寫實，我震驚地幾乎快要暈眩。原來大家什麼事都知道。

自古以來，泥沼就明確地存在，這麼一想之後，心情反而變得有些輕鬆，愉快地感到安心，即使全身長滿了這樣醜陋的膿包，我還是一個有情慾的老女人。

抱持著這份餘裕，我開始有了憫笑自己的心情，繼續閱讀書本。現在是魯道夫輕輕地撫摸著愛瑪的身體，喃喃地說著甜蜜的話語，我邊讀一邊想著完全不同的妙事，不加思索地笑了起來。愛瑪如果這時長出膿包，那會變成怎樣呢？我冒出這樣奇怪的幻想，不！這是個很重要的想法喔！我開始認眞思考。愛瑪一定會拒絕魯道夫的誘惑。然後，愛瑪的生命會變得完全不同。沒錯！她一定會自始至終的拒絕。因爲，除此之外，別無他法。這樣一來，這就不會是喜劇。

女人的命運會被當時的髮型、和服花紋、睡姿、還有一些身體細微狀況所決定，曾經還發生過保母在瞌睡中掐死背後吵鬧孩子的事件。尤其是這樣的膿包，我不知道它會怎樣扭轉女人的命運，扭曲浪漫。

若在結婚典禮的前晚，出乎意料地長出這樣的膿包，想都沒想的就擴及胸部、四肢，那該怎麼辦？我覺得這是有可能發生的事。只有膿包，眞的是用一般努力也無法預防，只能一切順其天意。我覺得這是天的惡意。

在橫濱的碼頭，忐忑不安地等著迎接五年不見的丈夫回來，看著看著在臉上重要的位置竟冒出了紫色的腫囊，觸摸之下，這個歡愉的年輕夫人已經變成醜陋的岩石。有可能會有這樣的悲劇，男人可能會對膿包不以爲忤，但女人卻是用肌膚來生活的動物。對這事表示否定的女人是騙人的。我不太瞭解福樓拜，感覺上他像是個心思細密的寫實主義者。

當夏魯要親吻愛瑪的肩膀時，（不要！衣服會皺……）愛瑪表示拒絕。既然有這麼細膩精密的描寫，爲什麼沒有描述女人對於皮膚病的痛苦呢？對於男人，這大概是無法充分瞭解的痛苦吧！也許，福樓拜這個人已完全看透，但由於這太污穢，一點都不浪漫，所以裝作不知道，對這事敬而遠之吧！不過，說到敬而遠之，這實在太狡猾！太狡猾了！結婚的前一晚，或是與五年不見思念的人重逢之際，沒想到竟長出醜陋的膿包，如果是我，我寧願死或離開家墮落、自殺。因爲女人是爲一瞬間的美麗歡愉而活的。不管明天會變成如何……

當門輕輕地打開，他露出像栗鼠般的小臉，用眼神詢問我：還沒到嗎？我對著蓮葉，輕輕地揮一揮手。

「喂！」聽到自己粗俗尖銳的聲音，我縮起肩膀，儘可能壓低聲音繼續地說：「喂！當我想到明天會變成怎樣也無所謂時，你不覺得我很有女人味？」

「你在說什麼？」看到他張惶失措的樣子，我笑了起來。

「我不擅言詞，所以你才聽不懂。沒關係，我坐在這邊的時候，突然覺得人很奇怪。覺得不能繼續活在這樣的深淵裡，我很軟弱，很容易就被周圍的空氣影響、馴服。我已變得粗俗了！我的心漸漸低俗、墮落，就像……算了。」話說到一半，我突然噤口不出聲。我想說賣春婦！這是女人永遠無法說出口的話，女人畢生一定會有一次爲它煩惱的話。在失去自信時，女人一定會想到它。我逐漸瞭解到，在長出這樣膿包之後，我的心已變成魔鬼了。雖然截至今日，我一直藉著說醜女、醜女，來僞裝我的完全沒自信，但我只對自己的皮膚，只有它，是小心呵護著，因爲我知道那是我唯一的驕傲。我自負的謙讓、謹愼、順從都是揑造的假裝，事實上，我是個單憑知覺、感觸而喜憂，像個盲人般在生活的可憐女人，不管知覺、感觸是多麼敏銳，但那還是屬於動物的本能，與睿智一點關係都沒有。我清楚地明白自己實在是個愚蠢的白癡。

我錯了！本來把自身的知覺想成是高尙的東西，將它誤以爲聰明，悄悄地寵愛自己。結果，我是個愚昧的笨女人。

「我想了很多，我是笨蛋。我打從心底瘋了。」

「別太勉強，我明白。」他像是眞的明白一樣，以充滿智慧的笑臉回答，「喂，輪到我們了。」

被護士招去，進入診療室，解開腰帶，然後露出肌膚，看著自己的乳房，我看到了石榴，比起眼前坐著的醫師，站在後面觀看的護士，更讓我倍覺痛苦。我想醫師是不會有人的感覺的。我連他的長相都已經記不清楚。醫師也沒有把我當作人看待，到處摸弄。

「是中毒。有吃了什麼不好的東西嗎？」醫師以平靜的語調說。

「會康復嗎？」他替我問。

「會康復。」

我像呆坐在別間房子般聽著。

「一個人抽抽噎噎地哭著很討厭，實在看不下去了。」

「很快就會康復了。要打針喔！」醫師站起身。

「是普通的病嗎？」他問。

「是的。」打完針，我們離開醫院。

「手這邊已經康復了。」在陽光下，我伸出雙手望著。

「高興嗎？」被這麼一問，我突然感到很難為情。

註❶：小山内薫、土方與志以「戲劇的實驗室」為由而設置。大正十三年開始啓用，上演了很多的翻譯劇。小山内死後，其直屬的劇團也隨之分裂，此後由各個劇團租借使用，成為普羅戲劇運動的根據地。

註❷：馬克西蒙・葛利基（Maksim Gorkii）所作的戲曲。以木製的租屋為舞台，描寫貪心的丈夫、偷情的妻子、小偷、舊男爵、酒精中毒的僕役、娼婦等人的模樣，強烈的指出作者人生哲學。

註❸：福樓拜所創作的小說。鄉下醫生的妻子愛瑪・魯奧因無法滿足於沒有涵養的丈夫包法利，而與鄉下風流貴族魯道夫有染。後來她也與之前所拋棄的昔日情人雷恩發生關係，最後服砒霜自殺。

B E S T   O F   L I T E R A T U R E

葉櫻與魔笛

櫻花散落，每到這樣的葉櫻時節，我一定會想起──老夫人這麼訴說著。

距今三十五年前，父親還活著，說起我們一家，母親在七年前，我十三歲時就往生，此後便是父親、我和妹妹所組成的三人家庭。

父親在我十八歲、妹妹十六歲的時候到島根縣一個沿海人口兩萬多人的城下擔任中學校長，由於剛好沒有租屋，我們便在郊區靠山處，向離群索居的寺廟借了間獨立的客廳、兩間房間，一直住到第六年父親轉任松江中學爲止。我結婚是到松江以後的事了，那是二十四歲的秋天，在當時算是相當晚婚。母親很早就去世，父親又是冥頑不靈的學者氣質，對世俗的東西根本不屑一顧。我知道只要我人一不在，家裡的運作全都會停擺，因此就算那時已有很多人來提親，我就是不想捨棄家裡嫁到外面去。至少，也要等妹妹身體健朗，我才可以稍微寬心。

妹妹不像我，她非常美麗，頭髮也很長，是個很好、很可愛的孩子，只是身體相當孱弱。我們隨父親到城下的第二年春，妹妹十八歲時就死了。現在我就是要談起當時的事。

很早之前妹妹就已經不行了，她患有腎結核這種嚴重的病。發現時，兩邊腎臟都已被蟲侵蝕，醫生明白地告訴父親，妹妹只有百日可活，似乎已經束手無策。時間悄悄地過去了，等到第一百天即將來臨時，我們也只能沉默以對。妹妹什麼都不知道，特別有精神，雖然整天躺在床上，還是會很開朗地唱歌、談笑、對我撒嬌。再過三、四十天，她就要死了，這是很清楚的事實。一想到此，我就胸口梗塞，全身像是被針刺穿般地痛苦難抑，幾乎要發狂。三月、四月、五月都是如此，我無法忘記五月中旬的那天。

那時原野、山丘一片翠綠，天氣暖得讓人想赤裸著身子。耀眼的翠綠讓我的眼睛一陣刺痛，我手插在腰間，胡思亂想而難過地走在原野小路上。想著、想著，腦子裡淨是些痛苦的事，幾乎讓我喘不過氣來。我按捺住痛苦，不停地走著。咚、咚，彷彿由十萬億泥土所發出的聲響，從春泥地絡繹不絕地傳來，聲音幽遠、幅員遼闊，好似地獄底巨大的太鼓所發出的咚咚聲響。我不知道這個可怕的聲音是什麼，但只知道自己快要發瘋了。這時，身體僵硬發直，突然，「哇！」大叫一聲，一個不穩砰地跌坐在草原上，當下哭了起來。

後來我才知道，那可怕的聲音是日本海大戰中軍艦的大炮聲。在東鄉提督的命令下，爲一舉消滅俄國的巴魯奇克艦隊，正在海上猛烈激戰著。剛好這個時候，今年的海軍紀念日也快要來了。在海岸的城下，城裡人大概沒有人未聽過咚咚的大砲聲吧？這事我倒不太清楚，因爲光是妹妹的事就讓我受不了，快要發瘋了，那聲音更讓我覺得像個不吉利的地獄太鼓，使我在綿延無盡的草原上半掩著臉直哭泣著。直到日暮低垂時分，才站起身像是死了似的，漠然地返回寺院。

「姊姊……」妹妹叫著。妹妹那陣子很虛弱，沒有力氣，她隱約知道自己來日不多，不再像以前那樣對我出些難題，跟我撒嬌。那樣反倒讓我覺得更加難受。

「姊姊，這封信何時來的？」我胸口猛然一震，很清楚地意識到自己已面無血色了。

「什麼時候來的？」妹妹隨意地問。我回過神說：

「剛剛啊！妳睡覺時。妳邊笑邊睡，於是我把信偷偷放在妳枕頭上。妳不知道嗎？」

「啊，我不知道。」妹妹在夜幕低垂的微暗房間裡，蒼白而美麗地笑著，「姊姊，我讀了那封信。好奇怪，是我不認識的人……」會不知道？我很清楚地知道那封信的寄信人是個叫M．T的男人。不，我沒見過他。在五、六天前悄悄整理妹妹衣櫥時，在抽屜深處發現藏有一包用綠色緞帶綁緊的信，雖然知道是不對的，但我還是解開緞帶來看。大約有三十封左右的信，全都是由那個M．T寄來的信。M．T的名字並沒有寫在信的正面，而是很清楚地寫在信裡。信的正面，寫有很多女性寄信者的名字，那些全都是妹妹朋友的名字。我和父親作夢都沒想到妹妹會這樣和一個男人通信。

這個叫M・T的人事先頗有用心地向妹妹詢問很多她朋友的名字，然後再用那些名字寫信過來，我是這麼推想。同時，也因爲這些年輕人的大膽而瞠目結舌。如果被嚴厲的父親知道的話，會怎樣呢？我害怕地抖著。但照著日期一封封地閱讀過後，我也逐漸感到興奮有趣，一個人格格地發笑，最後竟連我也被感染進這廣大的世界中。

那時我才剛滿二十歲，有很多一個年輕女子無法說出來的苦，這三十餘封信，讓我有物換星移的感覺。很快地讀下去，讀到去年秋天，最後一封信時，我猛然起身。那是一種青天霹靂的感覺，我驚恐地仰望著天。妹妹的戀愛並非只有眞心，反而是愈見醜陋。我把信燒掉，一封不留地燒掉。M・T住在城下，好像是個貧窮的歌者。卑劣的他知道妹妹的病情之後，竟拋棄妹妹，平靜地在信上寫著「讓我們彼此忘記對方吧！」等殘酷的話。

從那封信之後，他似乎就再也沒有寄信來。如果我也保持沉默，一生都不把這件事告訴別人，妹妹就這樣以一個美麗少女之姿逐漸死去，誰都不會知道。我感到滿腔痛苦，在知道事實之後，我益發覺得妹妹很可憐，各種奇怪的幻想浮現，胸口猶如絞痛般，百味雜陳。那是個令人厭惡的痛苦感受，那種苦，沒有上了年歲的女人是不會懂的，那是人間煉獄。彷彿是自己遇到悲慘的遭遇般，感到相當地痛苦。那時候，我覺得自己眞的變得有些奇怪。

「姊姊，請您念給我聽。到底是怎麼回事，我一點也不明白……」我打從心底憎恨妹妹的不誠實。

「我可以念嗎？」我小聲詢問，從妹妹那邊接過信的手指迷惑地顫抖著。不用打開信，我也知道這封信的內容，但我必須裝作什麼都不知道地念著這封信。信是這麼寫著的，我隨意地看著這封信，開口把它念出來。

今天，我要跟妳道歉。之所以一直忍耐到今天沒有寫信給妳，是因爲我沒有自信。我貧窮、沒有才能，無法給妳任何東西。我只能給妳言語，即使這些言語裡沒有半點虛假。

但我好憎恨自己的無力，除了只能用言語來證明對妳的愛之外，什麼都辦不到。我整天，不！就連夢中也忘不了妳，但我卻什麼都無法給妳。在那樣的痛苦中，想和妳分手。看到妳的不幸愈變愈大，我的愛情就愈陷愈深，變得無法再接近妳，明白嗎？我絕不是在說些謊言。我要說，那是我自身正義的責任感使然。

但我錯了，完全錯了。對不起！對妳，我只是一個想成爲完美人物，滿足一己私欲的傢伙。我們就是因爲寂寞無力，因爲什麼都沒辦法做，所以才僅以言語作爲眞誠的獻禮。即使是現在，我還是相信這是一個眞實、謙遜、美麗的維持辦法。

常常在想，自己應該在能力可及的範圍內爲了實踐它而努力，不管多麼渺小的東西也好。我相信即使是一朵蒲公英花，只要勇氣十足地獻上，就是個勇敢男子應有的態度。我不會再逃跑的，我愛妳。

我會天天寫歌送給妳，然後，天天在妳的庭院籬笆外面吹口哨給妳聽。明天晚上六點，我將用口哨吹首軍艦進行曲送給妳，我的口哨吹得很好喔！目前，我的力量只能做到這樣，請不要取笑我。不，儘管取笑。

請妳好好活著，神一定會在某處看著我們。我相信！妳、我都是神的寵兒。我們一定會有美麗的婚姻。

等著　等著

今年花開了

乍聞白桃花

桃花卻染紅

我會努力的，一切都將會好轉。那麼，明天見。　M・T

「姊姊，我知道了！」妹妹以清澈的聲音喃喃說道：「謝謝妳，姊姊。這是姊姊寫的吧？」

在極度羞恥中，我好想把這封信撕成碎片，痛苦得扯著頭髮。坐立難安大概是指這樣的感覺吧！是我寫的。無法坐視妹妹的痛苦。從那天起，我就準備每天模仿M・T的筆跡寫信，費心作著蹩腳的和歌，然後晚上六點偷偷地到籬笆外吹口哨，直到妹妹去世那天。好丟臉！還寫了蹩腳的和歌，眞的很難爲情。在那種從未有過的感覺下，我無法立刻回答。

「姊姊，別擔心，沒關係。」妹妹不可思議地沉靜，在崇高之中美麗地微笑著。「姊姊，妳看過那些用綠色緞帶綁起來的信了吧？那是假的。是我太寂寞了，前年秋天一個人寫了那樣的信，然後再投遞寄給自己的。姊姊，別做傻事！青春是很重要的東西喔！自從生病以來，逐漸體認到這件事。一個人寫信給自己，好髒、好慘、好笨！我若能真的和一個男人大膽地戀愛就好了，好想讓他抱緊我的身體。姊姊，我到現在，豈止是情人，就連和一個普通男人說話的經驗都沒有。姊姊也是這樣吧！但姊姊和我不同，您聰慧多了啊！死亡，眞是討厭。我的手、手指、頭髮都好可憐。死亡，眞的好討厭！好討厭……」

一時間悲傷、害怕、高興、羞恥，全都充塞在我胸口，不知道該如何是好。我將臉貼上妹妹消瘦的臉頰，只能流著淚輕輕地抱著妹妹。在那當兒，啊！聽到了。

低沉幽遠，但……的確是軍艦進行曲的口哨。妹妹也側耳傾聽。一看時鐘，啊！正是六點。我們在說不出的驚恐下，緊緊地緊緊地擁抱在一起，動也不動地，傾聽著那從庭院葉櫻林裡傳來的奇妙進行曲。

神是存在的，一定是存在的，我這麼相信。妹妹在之後的第三天便去世了。醫生俯身探視，「這麼安詳，應該是很早就斷氣了吧？」然而，那個時候，我並不感到驚訝，我相信這一切都是神的旨意。

現在上了年紀，有了很多的物慾，信仰似乎也變得有些薄弱了。

那個口哨，說不定是父親的傑作，我常常抱持著這樣的懷疑。從學校下班回來，在隔壁房間站著聽到我們的談話，於心不忍之下，嚴厲的父親便撒了這一生中唯一一次謊。我有這樣想過，不過，畢竟還是不太可能。父親在世時，倒還可以問一問，可是算一算，現在父親都過世十五年了呢！不，這一定是神的恩典。

我寧願這樣相信著，安心地過活，不管怎樣，隨著年歲漸長，想到物慾頻生，信仰也變得薄弱時，我就覺得自己這樣的行爲是不對的。

BEST OF LITERATURE

燈籠

我愈辯解，人們反而愈不相信我。所遇之人，全都在提防著我。儘管只是單純地拜訪，想見見好久不見的朋友，自己還是會遭受到一種「有何貴幹」的眼神打量，眞受不了。

眞是哪裡都不想去！即使是去最近的澡堂，我也會挑傍晚的時候去，我已經不想再遇到任何人。儘管我的浴衣雪白地漂蕩在黃昏下，格外引人注目，但盛夏的自己，卻猶如失去生命力般徬徨困惑。昨天和今天突然變涼，又快到穿毛衣的季節了，趕緊準備黑色的單衣。以這樣的裝扮度過秋、冬、春，如果夏天到了，再穿起這白色浴衣的話，實在有些過分。所以在明年夏天以前，我一定要毫無懼色地穿上織有牽牛花紋的浴衣走在路上。然後化著淡妝，走在廟會的人潮中。想到那時的喜悅，我現在就開始興奮起來了。

我偷了東西！沒錯！我不認爲我做了好事。但是……不，我要從頭說起，對著神明說。我不企求人們會相信我的話，願意相信的人，就相信吧！

我是一個貧窮的木屐匠獨生女。昨晚，坐在廚房，切著洋蔥時，海邊傳來一陣悲傷地哭喊著「姊姊！」的孩子聲。我停下來想著，如果我也有那樣需要我，哭著叫我的弟妹，也許就不會這樣寂寞了。想到此，沁著洋蔥味的眼睛湧出一股熱淚。我試著用手背擦拭淚水，結果反被洋蔥的氣味弄得更加刺眼，淚珠一滴滴地流出來，不知如何是好。

「任性的少女，開始迷戀男人了。」

今年的葉櫻時節，從小姐開始傳出了流言。那時，矍麥花、菖浦花都已開始出現在廟會的夜間商店中。當時，我眞的很快樂。

每到傍晚，水野先生都會來接我，太陽還沒下山，我就會換好和服，化好妝，一次又一次地在家門口進進出出。附近的人看到我這樣，便暗地指著我，然後交頭接耳地笑說：「木屐店的幸子開始迷戀男人了。」這事我後來才曉得的。父母大概也略微感受到吧！不過他們什麼都沒多說。雖然今年我快要二十四歲了，還沒嫁人，都是家境貧窮的關係。

母親本來是這個城內一個有勢力地主的妾，與父親相戀之後，便拋棄地主的恩情，私奔到父親家，不久就生下了我。我的五官既不像地主，也不像我父親。我只能慢慢地縮短交際圈，暫時接受這種屬於私生子的命運。像我這樣家庭出身的女孩，沒姻緣是理所當然的吧！如果一開始，就以這樣的容貌出生在有錢的貴族人家的話，應該不會沒有姻緣。不過，我並不憎恨父親，也不恨母親。不管別人怎麼說，我依然一直相信，自己是父親的親生孩子。父母都很愛護我，我也很疼惜雙親。父母都是軟弱的人，所以連對親生子的我，都顯得有些拘謹。我知道大家都會溫柔地對待軟弱膽小的人，爲了雙親，不管有多苦、多寂寞，我都會忍耐下去。不過，自從認識水野先生之後，我對父母就開始有些怠慢。

說來慚愧。水野是小我五歲的商校學生。但請原諒我，對我來說，那實在是沒有辦法的事。今年春天我因左眼患病，去附近眼科問診時，在候診室裡認識水野。我是個容易對人一見鍾情的女子。他和我一樣左眼掛著白色的眼帶，他那不舒服地皺著眉，隨意翻閱小字典的樣子，看來非常可憐。當時我也因為眼帶而感到相當鬱悶。我試著從候診室的窗口眺望著被熱氣所籠罩的椎樹嫩芽，看起來像在熊熊燃燒的青火，外界的東西讓我覺得彷彿一切都在遙遠的童話王國裡，而水野的臉，更是絕世美麗、珍貴。我想，一定是眼帶魔法搞的把戲。

水野是孤兒，沒人願意收養他。本來他家裡是開藥局，母親在水野襁褓時便去世，父親也在水野十二歲時撒手人寰。後來，家裡沒辦法維持，兩個哥哥和一個姊姊，全被遠親各自帶走，老么水野則被店裡的管家撫養，現在就讀商校。即使如此，他還是覺得抑鬱難伸，過著感傷的每一天。水野曾深切地說，只有和我一起散步時，才會感到快樂。可是，就算我在身邊，還是會發生很多困窘的事。他和朋友約好了今夏去海邊游泳，但臉上卻沒有任何高興的樣子。因為他提不起勁，那晚，我便偷了東西，偷了一條男用泳褲。

我悄悄走進城裡規模最大的大丸百貨店，裝作隨意挑選女裝的樣子，順手把身後的黑色泳褲夾在腋下，靜靜地離開。經過了兩、三間店，後面傳來「喂！喂！」的叫聲。「哇！」我害怕地大叫，瘋子似的跑。「小偷！」才聽到後面大喊，肩膀就被用力一拍，一個踉蹌，我猛然回頭，立刻啪地被賞了一個耳光。

當我被帶去警察局，警察局前聚集了很多都是在城裡碰過面的人。我的頭髮散開，大腿也從浴衣的裙角下露出來，一副淒慘的樣子。警察叫我坐在警局裡一個鋪著榻榻米的房間，開始問我問題。一個白皮膚、長形臉、戴著金邊眼鏡，年約二十七、八的討厭警察簡單地詢問我的名字、住址、年齡，然後記錄在簿子上。突然，他奸笑地說：「這是第幾次了啊？」

我體內感到一股寒氣，根本沒想到該怎麼回答。但是再繼續不知所措的話，會被冠上重罪，押進牢房的。無論如何，一定得巧妙地避開。我拚命尋找辯解的答案，該怎麼說比較好呢？彷彿徘徊在五里霧中，說有多恐怖就有多恐怖。最後冒出像是嘶吼般的話，連自己都覺得十分唐突。不過，在開始自言自語後，我就像被狐附身似的，滔滔不絕地講著彷彿瘋了。

不能把我關進牢裡！我並不壞，而且就要二十四了。這二十四年中，我很孝順，對父母親都很小心地伺奉著。我哪裡壞？我從未在背後遭人指點過。

水野是個很棒的人，以後一定也會變得很偉大，這我知道，所以不想讓他丟臉，因爲他跟朋友相約去海邊，我想讓他跟大家一樣，可以去海邊。有什麼不對？我是笨蛋，但還是想把水野打扮得漂亮。他是出生高貴的人，和一般人不同。怎樣都沒關係，只要他好好地活在世上，我就心滿意足了，因為我有這樣的使命，不能被關進牢裡。

我就要二十四歲，一件壞事也沒做過。我一直努力照顧軟弱的雙親嗎？不行！不行！不能把我關進牢裡，不能關進牢裡！這二十四年來，我努力再努力，只一瞬間想錯，動了手。不能因為這樣，就把這二十四年，不，我的一生給毀掉。我錯了！我也覺得很不可思議，這一生，就因為一次不小心右手移動了一尺，那就變成了偷竊的證據嗎？太過分了！只是一次，不過二、三分鐘的事啊！我還年輕！還要活下去，還是會像以前一樣，繼續忍耐辛苦而貧窮的生活。我就只發生了那件事而已，我什麼都沒變，不要討厭我！我還是昨天的幸子！一件泳褲會對大丸百貨造成什麼麻煩嗎？即使那種欺騙別人榨取一千、兩千日幣！不！讓人破產的人，還不是被大家稱讚嗎？監牢到底是為誰而存在的？只有窮人才會被關進牢裡，現在也開始同情強盜了，至少他們有不欺騙別人軟弱、誠實的性格。欺騙別人而過著好日子不是罪惡，可是生活逼到絕境，而做傻事，搶了兩、三塊日幣的人，卻必須坐上五年、十年牢。哈！哈哈哈！好奇怪啊！真的好奇怪啊！居然是這樣！啊！真笨！

我一定是瘋了，絕對沒錯！警察臉色蒼白，盯著我看，我對那警察突然產生好感。我邊哭，邊勉強擠出笑容，受到如精神病患者的對待。警察小心翼翼地將我帶往警察署，那晚，我被留在拘留所，隔天一早父親就來接我回家。父親在回家途中，除了問我有沒有被揍之外？什麼話都沒多說。

看到當天晚報，我的臉一直紅到耳根。

我的事情刊登出來了。以一個「順手牽羊也有三分理，變質的左翼少女滔滔不絕的美麗詞句」為標題。

恥辱還不只那樣，附近的人開始徘徊在我家四周，起初還不知道為什麼，後來發現大家是來看我的長相時，我全身發抖地震驚著。我開始瞭解到星星之火可以燎原的道理了。如果家裡有毒藥的話，我會毫不考慮地把它吃下去；附近有竹林的話，我會去那裡上吊。這兩天家裡也暫時把店面給關起來。

終於——我收到了水野的來信。

我是世上最相信幸子的人。不過，我覺得幸子教養不足。雖然幸子是個誠實的女性，但環境上仍有不對之處。我努力要改變那個部分，絕對有那個必要。人類——不能沒有學問。

前幾天和友人一起去海水浴場，在海灘上彼此對人要有上進心做了一番討論。我們以後會變得偉大，幸子日後也要注意自己的行爲，即使罪行只是萬分之一，也要設法補償，深深地向社會謝罪，社會上的人，只會憎惡那個罪，不會憎惡那個人。水野三郎。

（讀完後務必把信燒掉，請連信封也一起燒掉，務必！）

這就是那封信的全文。我忘了水野本來就是個有錢人的孩子。

如坐針氈的日子一天天地過去，天氣已經變得涼爽了。今晚，父親說：「即使電燈這麼暗，還是得打起精神。」他將六個榻榻米大的房間的電燈換上五十燭光的燈泡，於是一家三口便在明亮的燈光下吃晚飯。母親嚷著：「啊！貧窮！貧窮！」邊拿著筷子，手撐住額頭，顯得非常浮躁。我在一旁替父親斟酒。我們的幸福，不過就是更換房間燈泡罷了，我試著告訴自己。我沒那麼多愁善感，相反地，我發現點著燈，循規蹈矩的我們宛如炫麗的走馬燈。

啊！你們要偷看，就看吧！我們是美麗的。一股連庭院裡的蟲鳴聲都想告知大家的寧靜心情湧上我的心頭。

BEST OF LITERATURE

蟋蟀

我要和你分手。

你淨說些謊話。也許我也有不對的地方，但是，我就是不知道自己哪裡不對。我已經二十四歲，到了這個年紀，就算哪裡不對，我也已經無力改變了。若不能像耶穌那樣死了一回又再復活的話，我根本無法改變。我知道自殺是最深的罪惡，所以我願把與你分手，視為我正確的抉擇，暫時試著努力生存下去。我覺得你很可怕。在這世上，說不定你的生存方式是正確的，但是，我就是無法那樣地活下去。

我嫁給你至今已五年了，在十九歲春天的相親之後，我馬上就獨自跑到你身邊。弟弟那時才剛進大學，他還曾一副不以為然的樣子，老成地說：「姊姊，妳沒問題嗎？」大概是因為不喜歡你，所以到今天他還是保持沉默。當時，我還有其他兩門親事。我的記憶逐漸模糊了，只記得其中一個好像是剛從帝大法科畢業的少爺，聽他說好像希望當個外交官什麼的。我看過照片，一副樂天爽朗的臉，他是由我池袋的大姐所介紹的；另一人是在父親的公司裡工作，年近三十歲的技師。那畢竟是五年前的事了，有些記不清楚，聽說好像是一個大家族的長男，為人很可靠的樣子。他很得父親的賞賜，父親、母親都很熱烈地支持他，印象中我沒有看過他的照片。這些事沒什麼大不了的，但如果因此被你嘲笑，我還是會覺得很不是滋味。我只是想清楚告訴你我所記得的事情而已。告訴你這些事絕不是因爲討厭你，請你相信，我覺得很困擾。

我從未想過早知道當初就嫁到其他的好人家就好了這種不貞、愚蠢的事情。你以外的人我都不予考慮。如果你還是以一貫的態度來取笑我的話，我會感到很難過的。我是很認眞地在對你說，請你聽到最後。那個時候，就連現在、現在我也完全不想跟你以外的人結婚，那是很清楚的一件事。我從小就很討厭磨磨蹭蹭，那時，父親、母親、還有池袋的大姐跟我說了很多話，總之就是要我去相親。對我而言，相親跟賀詞是一樣的東西，無法輕而易舉地回答。我完全不想和那樣的人結婚。如果眞如大家所言，對方是一個無可挑剔的人的話，就算沒有我，也應該會有很多其他的好女孩注意吧？可是爲何沒什麼競爭者呢？我要找一個在世界中（一提到這個，你馬上就要笑我了）除了我，就沒有人願意嫁給他的人，我是這麼幻想著。

剛好那個時候，你那邊就發生了那件事。由於表現得相當不禮貌，父親、母親一開始就很不高興。那個古董商但馬先生跑到父親的公司來賣畫，在客套的寒暄後，他對我說了一些不夠莊重的玩笑話：「這幅畫的作者日後一定會成名。覺得怎樣？小姐。」父親沒怎麼放在心上，只暫時買了一幅畫掛在公司會客室的牆壁上。兩、三天之後，但馬先生又再次來訪，這次他很認眞地提出了相親的請求。「實在太無理了。擔任使者的但馬先生是但馬先生，那個拜託但馬先生的男子是那個男子。」父親、母親都感到很訝異。之後我曾向你詢問這件事，見你全然不知情的樣子，我才知道這一切都是但馬先生豪氣干雲的個人想法。

你實在是受到但馬先生很多的照顧。現在你的成名，也是但馬先生的功勞，他對你眞是義無反顧。也許這是因爲他看出你的能力之故，今後你絕不能忘記但馬先生。

那個時候，我聽到但馬先生魯莽的請求，雖然感到有點吃驚，卻莫名地好想見你，不知道爲什麼，我那時非常高興。有一天我偷偷地到父親的公司看你的畫，我大概提過當時的事了，我裝作有事要找父親的樣子，走進會客室，一個人仔細地觀看你的畫。那一天，非常寒冷。在沒有暖氣、寬廣的會客室一角，我邊打顫邊站著看著你的畫。

畫裡有個小庭院和迎著陽光的美麗走廊，走廊上沒有人，只放了一條白色的被褥，是一幅只有青色、黃色和白色的畫。觀看時，我幾乎無法站立地全身發抖，我想，這幅畫大概除了我以外應該沒有人看得懂吧！我是很認眞地說的，不要取笑我。我看了那幅畫兩、三天之後，不論晚上或白天，我的身體都在不停地顫抖。我想不管怎樣都一定要嫁給你，這樣輕佻，讓我羞恥地覺得全身彷彿就要燃燒起來，於是我向母親表達我的希望。可是，母親卻一臉不以爲然。我當下便有所覺悟，不死心地直接回應但馬先生。「偉大！」但馬先生大聲地說著，他站起身，弄翻了椅子。不過，那個時候，我和但馬先生卻一點都笑不出來。後來的事情，你應該也很清楚。我的家族對你的評價每下愈況。

你拋下雙親從瀨戶內海奔到東京來，除了你的雙親，連你的親戚也都對你感到厭惡。還有喝酒的事、一次也沒提出作品展覽、傾向左翼、是否眞的畢業於美術學校等很多奇怪的事，我的父母一一告訴我這些不知道從哪裡調查來的事實，並且斥責我。可是，在但馬先生的熱心推動之下，我們還是終於見了面。

我和母親一起走進千疋屋，你正是我所想像的樣子，那時我還很感動你白襯衫的袖口是潔白的。當我端起紅茶的盤子時，因爲緊張而顫抖不停，使得湯匙在盤子上叮叮作響，爲此我還感到非常難爲情。回家之後母親更加地數落你的不是，說你只顧吸菸，完全不與母親交談的態度，非常不對，甚至還不斷地提到你的相貌差勁。這都是沒有看清你本人的緣故。不過，那時我已經決定要跟隨你了。

與父母懇談、使性子，終於我獲得了勝利。和但馬先生商量過後，我幾乎是一個人嫁到你家裡去。住在淀橋公寓的那兩年，是我最快樂的日子。

每一天，胸口都滿滿地塞著明天的計畫。你完全不在意展覽會、名家的姓名，始終一直隨意地作畫。隨著生活日趨貧困，我反而有一種奇怪的喜悅，對於當舖、舊書店，都有一種像是故鄉般的懷舊情懷。

即使是在一毛錢也沒有的時候，我也會試著用自己所有的力量，全力去想辦法。沒有錢煮一頓飯，是很快樂、美味的。那時我一次又一次地發明好的料理，不是嗎？但現在，我卻辦不到了，想到需要什麼東西都可以買得到，我就不再有任何幻想。即使去逛市場，我也覺得很空虛，只買一些跟其他太太一樣的東西回來。

你突然變得偉大了，從淀橋的公寓遷升到三鷹町的家之後，我就不再有快樂的事。再也沒有我可以大展身手的空間。你突然變得善於辭令，雖然對我是照顧有加，但我卻總覺得自己好像是一隻被飼養的貓，一直深感困擾。我沒有想到你會在這世上成名，一直以為你會是個到死都還很貧窮，只會隨意作畫，受盡世人嘲笑，卻平靜地不向任何人低頭、偶爾啜飲著酒、不沾世俗、就此度過一生的人。我是一個笨蛋嗎？但是，世上應該會有這樣的美人吧！我到現在一直都這麼相信著。

因爲沒有人看得見那人額頭上的月桂樹冠，所以他一定會受盡委屈，而且也沒人肯嫁給他、照顧他，因此我願走向他，一生隨侍在他身旁，我覺得你就是那個天使，除了我，沒有人能瞭解你。唉，你覺得這想法怎樣？但沒想到你竟然一夕成名，叫我該怎麼說呢？我好生苦惱。

我不是憎恨你的成名。知道你那具有神祕力量的悲傷畫作日益受到衆人喜愛時，我每晚都向神明致謝，那是一種想哭的喜悅。住在淀橋公寓的那兩年，當你心情高興時，你會畫自己喜歡的公寓內院、畫深夜新宿的街頭。當我們沒有任何錢時，但馬先生會來到家裡，用足夠的錢來交換兩、三幅圖畫。那個時候，你對於但馬先生把畫帶走的事情，總是顯得非常落寞。一副完全不關心錢的事情。但馬先生每次來都會悄悄地把我叫到走廊，像是已經決定好似的，認眞地說著請笑納，然後向我鞠躬，把白色的四角信封塞進我的腰帶裡。

你總是一副不知情的樣子，而我也不會做出那種立刻察看信封內容的卑賤動作。我眞的從來都不希望你看重錢，變得有名。我以爲像你這樣不善言詞、粗暴的人，（對不起）不但不會有錢，更不會成名。然而，這些都只是外表而已。爲什麼？爲什麼？

從但馬先生前來商量開個人畫展的事情開始，你就突然變得很愛漂亮。首先是去看牙醫。你有很多的蛀牙，一笑起來，就像個老頭，你過去絲毫不以爲意，就算我勸你去看牙醫，你還是會半開玩笑地說：「不用了，牙齒全部拔掉，換上假牙，一口亮晶晶的金牙，讓女人給愛上就麻煩了。」本來你一直都不願去處理牙齒，不知道吹了什麼風，近來在工作的空檔之餘你竟撥空出去，然後帶著兩顆閃閃的金牙回來。

「喂！笑給我看。」我一說，你長滿鬍髭的臉馬上變得通紅，很難得地用一種羞怯的語調直嚷著說：「都是但馬那傢伙一直囉唆煽動的關係。」你的個人畫展在我到淀橋後的第二年秋天召開。我很高興。但想到你的畫將被很多人喜愛，不知道爲什麼，我又無法高興起來。我應該是有先見之明吧！沒想到，你的畫在報紙上受到熱烈地好評，出品的畫，聽說全部賣完，甚至連有名的畫家也寫信過來。這一切實在太好了，好到讓我覺得可怕。

「到會場來看！」儘管你和但馬先生都那麼熱烈地對我說，但我還是渾身顫抖，一直留在房間做些編織的工作。我一想到你那些畫，二十幅、三十幅整齊地並列，然後被很多人觀看，我就會想哭。這樣的幸運，來得這麼快，之後一定會有不好的事情發生。我每天晚上都向神明道歉，並向神明祈禱：「幸福已經這麼多了，之後請保佑他不要生病、不要有什麼壞事發生。」

你每晚都被但馬先生約到各名家那邊拜訪，有時到隔天早上才回來。儘管我沒多想，但你還是會詳細地告訴我前一晚上的事情，哪個老師爲人怎樣、是個蠢蛋……之類的事，完全不像沉默的你，淨是些很無聊的東西。我跟你生活了兩年，以前從沒聽你談論別人的是非。什麼老師、怎麼樣，過去你不都是一副唯我獨尊，對什麼都漠不關心的樣子嗎？

還有，就算你希望藉著這樣的談論能讓我知道你沒有不可告人的事情，但也請你不要心虛地兜著圈子辯解。我又不是一切無知地活到現在，明明白白地告訴我所有事情，就算一整天都會因此而感到痛苦，但之後我反而會覺得輕鬆。反正我一輩子皆爲人妻，我不會因那些事就不信任男人或者胡亂猜忌。就算有了那些事，我也一點都不擔心，說不定還會笑著忍耐著，畢竟往後還會有其他更辛苦的事情。

我們突然變成有錢人了。你變得非常忙碌，還被邀請至二科會，成爲會員。你開始對公寓的小房間感到可恥，但馬先生也不斷地勸你搬家：「住在這樣的公寓裡，如何博得世人的信用？之前畫作的價值也一直不會上漲的。不如再加把勁租個大屋子吧！」他向你提供一些討厭的計策，你居然也頗感認同地說著：「的確如此，住在這樣的公寓，人都會變傻」這些低俗的話。我感到相當震驚，也覺得非常地寂寞。但馬先生各方奔走，最後找到三鷹町這個房子。

年底我們帶著些許的家具搬到這個討厭的大房子裡。你在我不知情之下到百貨公司買了很多漂亮的用具，每當那些東西一次次地從百貨公司送來時，我都會胸口哽咽，感到分外悲傷。我要對你說聲很抱歉，因爲我一直在努力地故作高興，表現出興奮不已的樣子。不知何時，我已經變成那種討人厭的「太太」。你甚至還說要請個女管家來。但這件事我很不滿，徹底反對，因爲我實在沒有辦法使喚人。

搬過來之後，你馬上就印製了三百張賀年卡以及搬家通知。三百張！什麼時候有了這麼多朋友？我覺得你正行走在非常危險的鋼索上，讓我感到非常地害怕。我想，想著之後一定會有不好的事情發生。你那樣庸俗地交際，是不會成功的。一這麼想，我就心驚膽戰地度過每一天。可是你非但沒有跌倒，還不斷地遇到好事。難道我弄錯了嗎？

我母親也抽空來拜訪這個家。每次她都會帶著我的衣服、儲金簿來，一副心情很好的樣子。有時父親很討厭會客室的畫，把它放置在公司的倉庫裡，現在，父親已經把畫帶回家，還換了高級畫框，掛在自己書房裡。池袋的大姐後來也寫信來說請多照顧。

客人一下子變得很多，客廳常常是高朋滿座。那個時候，你爽朗的笑聲，我在廚房都可以聽見。你眞的變得愛說話了，以前，那樣沉默，我一直以爲你什麼都明白，只因爲覺得全都很無聊，所以才保持沉默的。可是，事情好像不是這樣。你在客人面前淨說些無聊的事。你把前幾天才剛從別的客人那邊聽到的畫論全部照抄，當作自己的意見裝腔作勢地發表。我只對你說關於我看完小說之後的感想，翌日，你對客人說：「那個莫泊桑，我可是對他又敬又畏呢！」你居然把我的愚論一字不改地告訴大家，每當我端著茶準備到客廳時，常會因太過羞恥而無法站立。

啊！原來你以前什麼都不知道。對不起！雖然我什麼都不知道，但我還會謹守自己的言論，可是你卻完全沒有保持緘默，淨是模仿別人所說的話。儘管這樣，你還是不可思議地獲得成功。

今年二科畫獲得報社的獎賞，該報更是用一連串可恥到了極點的讚詞來形容。孤傲、清貧、思索、祈禱、蕭伯納[註1]等各式各樣的讚語。後來與客人談論到報紙的報導，只見你平靜地說：「有些部分，確是如此。」唉！你在說什麼啊？我們並不清貧，看看儲金簿！自從你搬到這個屋子後，像變了個人似的，一直把錢的事掛在嘴邊，如果有客人來求畫，則臉不紅氣不喘地提到價格。你對客人說，先把價格談好，之後不會有爭執，這樣對彼此的心情都好。我偶然間聽到這話，又覺得不舒服。爲什麼要常常在意錢的事呢？我覺得只要能畫出好的作品，生活自然過得去。我已經失去那種做一份好工作，然後貧困謹慎過著生活的那種快樂。我一點都不想要錢。

我懷抱著一份廣闊的自尊心，好希望自己能夠平淡過活。你甚至還察看我的錢包，一有錢入帳時，你會把一部分的錢放進你的大錢包和我的小錢包裡。你的錢包裡有五張大紙幣，而我的錢包裡則放了一張折了四折的大紙幣。你把剩下的錢都存放在郵局與銀行裡。我總是站在旁邊觀看著。有時我忘記將放有儲金簿的書架抽屜上鎖，被你發現了，會很不高興地說教、向我抱怨，這使我相當洩氣。

你去畫廊收錢時，通常第三天左右才會回來。即使如此，你還會在深夜喝醉酒，啷啷地開著玄關的門，一進門就說：「喂！還剩下三百日幣喔！數數看！」等等傷感的話。那是你的錢，你用了多少我不是都該覺得沒關係嗎？我知道你偶爾心情好時，會想花大錢。你大概是以爲如果全部用完，我可能會感到失望吧！我明白錢的好處，但我沒辦法老是考慮著錢的事情過活。你那種只剩下三百日幣，洋洋得意地回來的心情，讓我感到非常地寂寞。我一點都不想要錢，什麼都不想買、不想吃、不想看。家中的用具，我多會以廢物再運用，和服也重新染過、修補，一件都沒有買。不管什麼事我都身體力行，一個手巾架，也不想買新的，那樣很浪費。你常常帶我到市區吃昂貴的中國料理，可是我一點都不覺得好吃。不知道爲什麼，我的心情就是無法安定，總提心吊膽地，覺得好奢侈、好浪費。比起三百日幣、中國料理，你不知道在這屋裡的院子做一個絲瓜架會讓我多麼地高興啊！八榻榻米大的走廊上，有著那麼強烈的夕陽照射，若能做一個絲瓜棚，一定很合適。你對我說：「既然妳那麼渴望，不如請個園丁來架吧！」你不願自己做。我不喜歡請園丁，裝作有錢人的樣子，我要你來做，你直說：「好、好、明年做。」可是一直到今天，你都沒有付諸實行。

你在自己的事情上浪費很多無聊的時間，卻對別人的事，頂著一副什麼都不知道的表情。有一天，你的朋友雨宮爲太太的生病感到煩惱，前來找你商量。你特地把我叫到客廳一臉認眞地問我：「家中現在有錢嗎？」我覺得滑稽、愚蠢，一時之間不知該如何是好。當我紅著臉，支支吾吾時，你像嘲弄般對我說道：「不要把錢藏起來，到處找找，應該可以有個二十日幣左右吧？」我感到非常震驚，我試著重新再看一次你的臉。你用手移開我的視線，直嚷著：「好啦！借給我啦！別再小裡小氣了。」

接著你又對雨宮笑著說：「彼此、彼此，這種時候，貧窮是很辛苦的。」我整個人呆住，什麼話都不想多說。你一點都不窮。

至於什麼憂愁，現在的你哪裡有那種美麗的影子？你根本是憂愁的相反，一個任性的樂天派。你不是每天早晨，都會在洗臉台高聲唱著「嘿咻嘿咻」嗎？我在附近覺得羞恥得不得了。什麼孤傲！難道沒注意到自己只能活在隨從的包圍中嗎？被來到家中的客人們尊稱老師，單方面批評某人的畫，然後表示大概沒有人的畫能出其右。但我覺得就算真的如此，也不需要那樣批評一個人，徵詢客人的同意。你只想要在那邊獲得客人的同意而已，那有什麼孤傲？其實，就算無法讓每個客人心悅臣服，也沒什麼大不了的，不是嗎？你真是一個大騙子。想到去年你退出二科會，組成一個新浪漫派團體，你可知道我一個人感到多麼地悲傷？你是在暗處那樣地嘲笑著，召集的全是笨蛋伙伴，而成立那個團體。你似乎沒有定見，在這個世上，也許你的生活方式才是正確的。

葛西在的時候，你們兩人說著雨宮的壞話，一副憤慨、嘲笑的樣子。雨宮來的時候，又對雨宮非常地客氣，然後幾乎用令人無法想像的態度，感激地說著只有你才是我的朋友之類的謊話，接著這次又開始數落葛西的態度……。

所謂的成功者，難道都做著像你這樣的事而生存嗎？單憑這樣，就可以平順地活下去嗎？我感到非常害怕與不可思議。一定會有什麼不好的事發生！發生也好，爲了你，爲了神的存在，我在心中某處一直祈禱著會有什麼不好的事情發生。然而一件壞事也沒發生，一件也沒有。依然繼續著好事。你的團體所舉辦的第一回展覽獲得非常好的評價。你那幅菊花的畫，被客人們指爲心境澄靜、馥郁地飄著高潔愛情的芬芳。爲什麼會變成這樣呢？我感到非常不可思議。

今年新年時，你帶我到一向最熱心支持你畫作的岡井老師家拜年。儘管老師是那麼知名的大家，住的卻是比我們家還小的地方。單憑這點，我就覺得他是一個行家。

胖嘟嘟地，有種穩重如山的感覺，他盤腿而坐，透過眼鏡，仔細打量我。他那個大眼睛，眞的很像一雙孤傲的眼睛，我就像第一次在父親公司的會客室裡看到你的畫那樣，身體不停地微微打顫。老師不拘小節地淨談些簡單的事情，他看著我，開玩笑地說：「眞是個好太太，感覺像是武家的出身」。「哈！她的母親是個士族。」你認眞地誇耀著。我直冒冷汗，我的母親哪是什麼士族！我的父親、母親都是一個普通的平民。以後你大概還會騙人說我的母親是華族吧！眞是可怕的事。沒想到連老師那樣的人都沒有識破你所有的謊言。難道世界上淨是像你這樣的人？

老師說你這陣子的工作很辛苦，要多休息。我想到你每天早上唱著「嘿咻嘿咻」的樣子，不知道爲什麼，我覺得好可笑，差點忍不住就笑出聲來。離開老師家，沒走多久，你就踢著沙子罵道：「啐！淨對女人甜言蜜語的傢伙。」我嚇了一跳，你好卑劣。剛才還在老師面前打躬作揖，現在馬上說出這樣的壞話，眞是一個瘋子。

從那個時候開始，我就想要和你分手。而且，我再也無法忍耐下去了。你絕對是錯誤的。我想，如果能發生個災難會比較好。然而，一件壞事都沒有發生。你似乎已經忘記但馬先生過去的恩情，還對朋友說：「但馬那個笨蛋，現在還來這邊。」但馬先生似乎也知道，於是常笑著說：「但馬這笨蛋又來了！」然後又若無其事地從廚房口上來。對於你們的事情，我已經不太瞭解。人的尊嚴，到底去哪裡？我要和你分手，我覺得你們勾結在一起嘲弄我。

前幾天你在廣播中表示新浪漫派的時代意義，我在茶室看晚報時，突然聽到你的名字被播報，接著就聽到你的聲音。對我來說，那彷彿是別人的聲音。多骯髒污濁的聲音啊！

讓我覺得像是個討厭的人，我可以清楚地從過去開始徹底地批判你這個男人，你只是普通人，然後一步步地順利功成名就。眞無聊！一聽到「我今日所擁有的……」我就把收音機給關掉。你究竟累積了什麼？請好好地反省吧！不要再說一些「我今日所擁有的……」這種可怕而愚昧的話。啊！如果你趕快跌倒就好了。

那天晚上我很早就休息。關上電燈，一個人平躺睡覺，在我的背後，有隻蟋蟀在拚命地叫著。牠在走廊下叫著，但剛好位於我背部正下方，感覺好像在我的脊椎裡窸窸窣窣地叫著。我願把這個小小的、幽幽的聲音存放在我脊椎裡，一生都不會忘記地繼續活下去。我想，在這世界裡，你應該沒錯，錯的反倒是我。可是我到底是哪裡？怎樣不對呢？我眞的不知道。

註❶：法國的畫家。創作了很多以沉靜色調的宗教詩情爲主的壁畫，存於法國各地。油畫中以「貧窮的漁夫」最爲有名。

BEST OF LITERATURE

等待

每天我都會在省線的小車站裡等人，等一個完全不認識的人。

從市場買完東西回家途中，我總會路過車站，坐在冰冷的長椅上，將菜籃放在膝上，茫然地望著剪票口。每當往返的電車到達月台，就會有很多人從電車口湧出，蜂擁至剪票口。大家一臉憤怒地出示證件、繳交車票，然後直視地步出長椅前的車站廣場，朝各自的方向離去。

我茫然地坐著，「說不定，這時會有個人笑著喊著我。喔！好可怕啊！傷腦筋！」於是胸口心跳加速。光想就已經像背後被潑了冷水般，渾身顫慄，難以呼吸。不過，我眞的是在等待某個人。只是我每天坐在這邊，究竟是在等誰呢？在等一個怎麼樣的人呢？或許我等的並不是人。我很討厭人。不！應該是說我很害怕人。只要與人見面，一說出「近來可好」、「天氣變冷了」之類的問候，不知道爲什麼，就會痛苦地覺得自己像個世上僅有的騙子，好想就此死去。最後，對方也對我戒愼恐懼地不痛不癢的寒暄、淨是說些謊言的感想。一聽到這些，不但會因爲對方吝於關心而感到傷悲，自己也愈來愈討厭這個世界。世人，難道就是彼此這樣呆板的招呼、虛僞的關懷，到雙方都精疲力竭爲止，就此度過一生嗎？

我討厭與人見面。只要沒什麼特別的大事，我決不會去朋友那邊玩。待在家裡，和母親兩人安靜地縫紉是最輕鬆的事。可是，隨著大戰逐漸開始，四周變得非常緊張後，便感覺到每天待在家裡發呆是件很不對的事。我莫名地感到不安，心情完全無法安定，有種想鞠躬盡瘁，立刻貢獻心力的心情。我對當下的生活，已失去了自信。

雖然知道不能沉默地坐在家中，但自己又沒什麼地方可去。因此，買完東西後，在回家的路上，就會順道經過車站，一個人茫然地坐在車站冰冷的長椅上。「說不定會有哪個人出現！」我期待著。「啊！如果眞的出現的話，那就麻煩了。到時候我該怎麼做呢？」頓時，又感到一陣恐慌。不過，出現了也沒辦法，只好向那人獻上我的生命了。一種船到橋頭自然直，近乎於放棄的覺悟，與其他千奇百怪的幻想糾纏在一起，使得我胸口梗塞，有一種將要窒息的感覺。

我彷彿在做一個連生死都不知道的白日夢，內心有種不眞實的感覺，好像將望遠鏡倒過來看一樣，車站前往來的人群，都變得好小好遙遠，世界也變得好渺小。

啊！我究竟在等待什麼？說不定我是個非常淫亂的女人。大戰開始後，莫名地不安，說什麼想要鞠躬盡瘁、貢獻心力，這些根本就是謊言。說這些冠冕堂皇的話，其實只是在巴望著有什麼好機會能實現自己輕率的空想。儘管這樣坐在這邊，做出一臉茫然的表情，但我仍可以感覺到胸中那個詭異的計畫正在熊熊燃燒著。

到底我在等誰？我沒有具體的形象，只有一團迷霧。不過，我仍在等待。從大戰開始以來，我每天都會在購物結束後途經車站，坐在這冰冷的長椅上等待。也許，會有一個人笑著叫我。喔！好可怕啊！傷腦筋，我等的人不是你。到底我在等誰呢？老公？不對！戀人？不是。朋友？我討厭朋友。金錢？也許。亡靈？喔！我可不喜歡亡靈。

是更溫和、開朗、鮮麗的東西？我不知道那是指什麼。比方說像春天那樣的東西嗎？不，不對。綠葉、五月、流過麥田的清流？當然不對。啊！不過我還是要繼續地等，等待著那能讓我振奮的東西。

人們成群結隊地從我眼前通過。那不是！這也不是！我抱著菜籃，微微顫抖但專心地等待。請不要忘記我，請不要嘲笑每天到車站去等待，然後空虛返家的二十歲姑娘。無論如何請牢牢地記住，我不會特意說出這個小車站的名字，就算我不告訴你，但有一天你也一定會發現我的。

BEST OF LITERATURE

阿三

他像是失了魂般，一聲不響地從玄關出去。

我在廚房清理晚飯的餐盤時，隱隱地從身後察覺到。剎時宛如摔破盤子般的寂寞猛然襲上心頭，我不知不覺地嘆了口氣。微微地探起身，試著從廚房窗口往外看，外子正穿著褪色的白浴衣，身上綁著細細的腰帶，在這夏夜裡，一個人輕飄飄地，宛如幽靈般走在南瓜藤蔓的籬笆小路。實在不像個活在世上的人，他的背影看起來很落寞悲傷。

「爸爸呢？」

在院子裡玩完的七歲長女用廚房口的桶子洗著腳隨口向我問道。這個孩子，崇拜父親更甚於母親，每晚都會和父親在六榻榻米大的房間裡同蓋一條棉被，一起睡覺。

「去寺廟。」我隨口說出一個普通的回答。

可是說了之後，又突然覺得好像說了什麼不吉利的事，全身感到不寒而慄。

「去寺廟？爲什麼？」

「盂蘭盆節不是到了嗎？所以，爸爸他去寺廟參拜。」謊言不可思議地一個接著一個脫口而出。

不過那天眞的是十三日盂蘭盆節，別的女孩都穿著漂亮的和服從家門口出來，得意地擺動和服的長袖子玩。可是我們家的孩子，卻因好的和服都在戰爭中給燒掉了，所以即使是盂蘭盆節，也得穿著平常的舊洋裝。

「是嗎？會很快回來嗎？」

「唔，我不知道。如果雅子乖一點的話，說不定會早點回來。」儘管我嘴上這麼說，但看樣子，他今晚應該也會在外面過夜。

雅子登上廚房，然後跑到三榻榻米大的房間，在房間窗口邊寂寞地坐著，眺望外面。

「媽媽，雅子的豆子開花了。」聽到她嘟噥地這麼說，我心痛地噙著眼淚回應：

「哪一個？哪一個？啊！眞的。之後會結成很多豆子喔！」

玄關旁有塊十坪大小的田地，以前我會到那邊種些菜，但自從生了三個孩子之後，我便無暇顧及田地。外子以前還常會幫我做些田地的工作，但最近他不再顧及家裡的事。鄰家的田地被她先生整理得非常漂亮，種了很多各式各樣的菜，我們家的田地和那相比，實在顯得非常遜色，裡面淨是雜草叢生。

雅子將一顆配給的豆子埋在土裡灌溉，沒想到它後來竟然也發了芽。對於什麼玩具都沒有的雅子而言，這豆子便成了她唯一驕傲的財產，即使去鄰居家玩，她也會毫不嫌累地一直吹說著我家的豆子、我家的豆子。

落魄！寂寥！不，目前的日本，並不只有我們是這樣，尤其是住在東京的人們，每一個人看上去都是一副無精打采、失魂落魄的樣子，很吃力地在街上漫漫遊走著。雖然我們所有的東西都被燒毀，面對世事可感覺到自身的落魄，但現在最讓我感到痛苦的，是當個飽受生活困苦，甚至被生活壓迫的人妻。那實在是一個非常辛苦的事。

我的丈夫，在神田一家有名的雜誌社工作了近十年。八年前我們平凡地相親結婚，從那時候開始，在東京就愈來愈難找到願意出租的房子。後來我們終於在中央線旁的郊區，找到這棟位在田裡看似獨立的小租屋，一直到大戰爭爆發我們都是住在這邊。

外子的身子很虛弱，避開了召集與徵用，每天安穩地到雜誌社上班。可是當戰爭變得激烈之後，受我們住的這個郊區路上一家飛機製造工廠之累，家附近接二連三地被空投炸彈。終於在某夜裡，一個炸彈落到院子的竹林中，廚房、廁所、以及三榻榻米大的房間全都被炸得慘不忍睹。由於一家四口（當時除了雅子，長男義太郎也已出生）已無法再繼續住在那間半壞的房子裡，我便帶著兩個孩子，逃到娘家青森市，外子一個人睡在家中半壞的六榻榻米大的房間，繼續到雜誌社上班。

不過，當我們逃到青森市不到四個月，青森市就發生空襲、大火，千辛萬苦帶到青森市的行李全都被燒毀，我們只得穿著能穿的衣服，狼狽地投奔到尚留在青森市的朋友家。這一切彷彿像在地獄。這樣悲慘地過了十天，日本便無條件投降。

思及人在東京的外子，於是，又帶著兩個孩子，以幾乎行乞般的樣貌再度回到東京。由於沒有可以搬遷的房子，我們只好請工人簡單地修理毀壞的家，再次回復到以前那樣全家四口的生活。生活好不容易可以稍微喘口氣，沒想到外子那邊卻發生了變化。

由於雜誌社受到戰爭的摧毀，再加上公司董事之間發生了資金問題，外子的公司後來被解散，他變成一個失業者。

不過，由於長年在雜誌社工作的關係，外子在那圈子交了很多朋友，後來他便和裡面幾個能力較強的人一起出資成立了一家新的出版社，試著出版二、三種類的書。可是出版的工作因爲紙張購入的困難，開始有了很多的虧損，外子也爲此背負了很多的債款。那個時候，他每天茫然地出門，傍晚又疲憊不堪地回來，以前就是個不愛說話的人，自那時候開始，他更是緊繃著臉悶不吭聲。後來雖然總算把出版的虧損給平補過來，但他彷彿已喪失了做任何工作的氣力。不過，他並沒有一整天待在家裡，他總是站在走廊，吸著菸，眺望著遠處的地平線，一副若有所思的樣子。啊！又開始了。每當我開始感到擔心時，他又會有所感觸地深深嘆了口氣，然後順手將吸了一半的菸丟到院子裡，接著從桌子抽屜裡取出錢包放入懷中後，就像個失了魂的人，一聲不響地悄悄走出玄關。那天晚上大概又不會回來。

以前他是個溫柔的好丈夫。酒量差不多日本酒一合、啤酒一瓶的程度，吸菸數量也會配合政府所配給的菸草數目。我們結婚將近十年，十年裡他從沒打過我，也沒有口出穢言地罵過我。

只有一次，那時雅子大概三歲。當時有客人來訪，雅子往外子那邊爬去，爬到客人那邊時，不小心把客人的茶給打翻。雅子那時哭喚著我，但我在廚房啪噠啪噠地搧著炭爐沒聽到聲音，所以沒有做任何回應。那時候，外子他鐵青著臉抱著雅子到廚房來。他把雅子放在板子上，眼睛惡狠狠地瞪著我，整個人站立在那邊，半聲不吭地轉過身背對我，走向房間，唰！一種從骨髓裡所發出的聲音，他以一個非常尖銳強勁的聲音，用力地把房間的紙門關上，使我對男人的可怕感到心驚膽戰。惹外子生氣的記憶眞的只有這一次而已。所以儘管在這戰爭中我受了很多痛苦，但一想到外子的溫柔，我還是會認爲：這八年，我很幸福。

（可是他變得很奇怪，究竟是從何時開始的呢？從避難的青森市回來與四個月不見的外子重逢時，外子的笑顏上總帶著些許的卑怯，還試著避開我的視線，表現得侷促不安，我疼惜地以爲那是因爲一個人過著不便的生活，身體累壞了的關係。難道，在那四個月裡……啊！我什麼都不想去思考，一想起，只會更加深陷於滿是痛苦的泥沼之中。）

把外子不會回來的被褥和雅子的被褥並排鋪在一起，我吊著蚊帳，心中感到非常地悲傷、痛苦。

二

第二天快到中午的時候，我在玄關旁的水井洗滌著今春出生的次女俊子的尿布，外子像強盜般頂著一副陰沉沉的臉偷偷地回來，一看到我，立刻沉默地垂下頭。突然，他一個絆倒，整個人向前撲倒往玄關爬。作妻子的我，頓時不自覺地低下頭想，啊！他一定很痛吧！我滿是不忍，根本沒辦法再繼續洗著衣服。我站起身，追著外子的身後，跑進屋裡。

「很熱吧？要不要脫掉衣服？早上，盂蘭盆節特別配給送了兩瓶啤酒。已經冰過了，要不要喝？」

外子膽怯地虛弱笑著，沙啞地說：

「好啊！」

「媽媽要不要也來一瓶？」很明顯地他是在彆扭地說著客氣話。

「我陪你喝吧！」

我已去世的父親是個大酒鬼，所以，我的酒量比外子好。剛結婚時，兩個人散步到新宿，走進關東煮的店，喝了一些酒，外子臉馬上通紅，無法招架，而我卻一點事也沒有，只是覺得有些耳鳴而已。

在三榻榻米大的房間裡，孩子們吃著飯，外子光著身子，肩上蓋著一條濕毛巾，喝著啤酒。怕喝不完會浪費，我向他要了一杯啤酒。抱著次女俊子哺乳，整體看來就像是一幅一家團聚的和諧畫面，但畢竟氣氛還是不甚融洽，外子一直避開我的視線，我也小心地選擇不會觸痛外子痛楚的話題，然而，怎樣都無法聊得盡興。長女雅子、長男義太郎大概也敏感地察覺出雙親情緒上的拘束，他們很乖巧地拿著蒸包喝著都青牌的紅茶。

「中午喝酒，會醉……」

「啊！眞的、身體都變紅了。」

那個時候，我不小心看到外子下顎底，躺著一隻紫色的飛蛾，不！那不是飛蛾，剛結婚時，我也有那個……我對那有印象，乍看之下會以爲那是一個飛蛾形狀的痣，我感到震驚，此時，外子似乎也注意到我的發現，緊張地用肩上的濕毛巾胡亂地覆蓋在那被咬過的痕跡上。原來，一開始他在肩上覆蓋一條濕毛巾就是爲了遮掩住那個飛蛾的形狀，不過，我決定裝作什麼都不知情，努力地半開玩笑說：

「雅子只要和爸爸在一起，就會覺得麵包很好吃呢！」

沒想到這像是對外子的一種諷刺，氣氛反而很奇怪、尷尬，當我痛苦快到極點時，突然鄰居的收音機開始播放起法國國歌，外子傾耳細聽，自言自語地說著：

「啊！對了，今天是巴黎的國慶日……」他幽幽地笑了笑，然後像是告訴我和雅子般繼續說道：

「七月十四日，這一天啊、革命……」

他話說到一半，突然梗住，一看，外子正歪著嘴，眼睛泛著淚光，一臉忍住不哭的樣子，他幾乎是哭著說：

「他們攻擊巴士底監獄、民衆從四周站起來，自那以後，法國的春天花宴就永遠、永遠喔！永遠地消失！但是，不破壞不行、就算知道永遠也無法再建立出新秩序、新道德，還是不得不破壞。聽說孫文說了革命尚未成功之後就去世，但所謂的革命的完成，恐怕是永遠也不會實現。不過儘管如此，還是不得不發動革命，革命的本質就是這樣子，一個悲傷、美麗的東西，革命之後會變成怎樣呢？應該會有悲傷、美麗、還有愛……」法國的國歌還在繼續播放著，外子哭著又害羞地勉強哼哈地對大家傻笑著：「唉呀！對不起，爸爸酒後失態了。」說完，他垂著臉起身，到廚房邊用水洗臉邊說：

「實在是不行，眞是醉過頭了，居然爲法國革命哭泣、我要先睡一會兒了……」

他往六榻榻米大的房間走去，一切都變得寂靜無聲，此刻，他一定蜷著身在啜泣著。

他不是爲革命而哭，不！也許法國革命和家的愛戀很相似，我很瞭解那種爲了悲傷美麗的東西，不得不破壞法國的浪漫王朝、和諧家庭的痛苦，還有外子的痛苦，但我已不是過去那個深愛著丈夫的紙治阿三了。

妻子的心裡
住了鬼嗎？
啊！啊！啊！
藏了蛇嗎？

在這樣的悲嘆中，丈夫以一個沒有革命思想、沒有破壞思想、沒有什麼緣分、也沒有什麼血緣的冷淡就此走過，妻子獨自被留下，永遠在同樣的場所，以同樣的姿態，不斷地悲傷地嘆息，想著這究竟是怎麼一回事？也許我只能聽天由命，祈求丈夫戀情的風向可以就此改變，痛苦的忍耐接受這一切。我有三個孩子，爲了孩子，即使是這樣也不能與外子分開。

連續兩夜露宿在外，外子終於有個晚上要睡在自己家裡。吃完晚餐後，外子與孩子們在走廊上嬉戲、他對孩子們也是說著卑怯和藹的話，他笨拙地抱起今年出生的女兒，對她誇說：「胖了呢！是個小美女唷！」

我隨口接著說：「很可愛，對不對？看到孩子，有沒有希望活久一點？」

我這麼一說完，外子的表情突然變得很奇怪。

「嗯！」他似乎很痛苦地做出回應，使得我一時緊張，直冒冷汗。

他在家裡睡覺時，八點左右就開始在六榻榻米大的房間裡鋪好自己的被褥和雅子的被褥，然後吊起蚊帳，強迫還想再和父親多玩一會兒的雅子脫下衣服，換上睡衣睡覺，接著關上電燈休息。

我在隔壁的四榻榻米半大的房間裡，讓長男和次女睡覺後，便一直做著針線活，到十一點左右，我才吊起蚊帳，睡在長男和次女中間，我們三個並不是睡成一個「川」字，而是變成一個「小」字。

我睡不著，隔壁的外子好像也睡不著的樣子，聽到他嘆息，不自覺地也跟著嘆了一口氣，我又想起阿三感嘆的歌：

妻子的心裡
住了鬼嗎？

啊！啊！啊！
藏了蛇嗎？

外子起床來到我的房間，一時間我變得很僵硬，他問我：

「有沒有安眠藥？」

「有。我昨晚有吃，不過完全沒效。」

「吃太多反而沒效，六顆就足夠了。」他的聲音像是不太高興。

三

炙熱的天氣一天天持續著，一熱我就心神不定，食不下嚥，臉頰骨凸出，連給寶寶的奶水都變得很少。外子似乎也是一點食慾都沒有的樣子，眼睛塌陷，炯炯地冒著可怕的光芒，有的時候，還會哼哈地像自嘲般笑著說：

「如果能瘋了，說不定還會輕鬆些。」

「我也希望能這樣。」

「正直的人應該不會感到痛苦。我有一件事相當耿耿於懷，爲什麼你們都那麼努力、正經呢？生來要好好地活在世上的人與不打算這樣的人，一開始似乎是很難清楚辨別？」

「不，那是因爲反應遲鈍啊！我們這些人不過……」

「不過？」

外子像發了狂似的，奇怪的眼神盯著我的臉。我開始結結巴巴，啊！說不出口，具體的例子太可怕了，什麼都說不出口。

「不過，一看到你痛苦的樣子，我就痛苦……」

「什麼嘛，好無聊……」外子喘了口氣般微笑地說。

此時我突然感覺到久違的淡淡幸福。

（就是這樣，只要能讓外子的心情輕鬆一點，我的心情也會變得輕鬆。道德算不了什麼，只要心情能輕鬆，那就夠了。）

那天深夜我進入外子的蚊帳。

「沒事、沒事。我沒有什麼別的意思。」

話一說完，我人便躺下。外子用沙啞的聲音半開玩笑地喊道：

「Excuse me。」他爬起身，盤腿坐在床上。

「Don't mind、Don't mind！」

當晚是個月圓的夏夜，月光透過雨窗的破洞變成一條細銀線，有四、五條月光射進蚊帳裡，停留在外子瘦弱的袒胸上。

「你瘦了？」我半開玩笑地笑著說，並試著從床上坐起身來。

「妳啊！好像也瘦了，就是瞎操心，所以才這樣……」

「不是，我已經說過了，我什麼都沒想，好吧！你要常對我好一些嘛！」我一笑，外子也露出沐浴在月光下的白牙微笑著。

在我小時候就去世的祖父母，夫妻常常吵架，每次奶奶都會用東京男人的口吻對爺爺說：對我好一點！當我還是孩子時就覺得很有趣，結了婚之後，告訴外子那件事，兩個人還曾爲此大笑過。

我那時又提起了這件事，外子果然又笑出來，但他馬上又換成一副認眞的臉對我說：

「我想保護妳，不讓妳受風吹，好好地保護妳。妳眞是個好人。不要掛心無聊的事，好好秉持住妳的自尊，沉穩地過活。我會永遠想著妳的事，對於這一點，無論如何，妳的自信還是不夠……」說出這樣像在道歉、掃興的討厭事情，我覺得非常難過。

「但是，你變了。」我垂下頭，小聲地說。

（被你遺忘、被你討厭、憎恨，我反而心情輕鬆。那麼在意我的事，卻又抱著其他女人的你，等於是把我打落地獄。男人是不是常會把對妻子的掛念視爲一種道德的履行？是不是認爲在有了其他喜歡的人之後，還不忘自己妻子才是一個好表現、有良心的作爲？於是，開始與其他人相愛時，便在妻子面前露出憂鬱的嘆息，開始爲道德感到煩悶時，託他之福，妻子也感染到丈夫陰鬱的情緒，跟著嘆息。如果丈夫能心情平靜地快樂生活，做妻子的應該也就不會有在地獄的感覺了。如果愛上一個人，就請把妻子完全忘記，全心全意地放膽去愛。）

外子無力的笑著。

「有變嗎？沒變吧！只是這陣子很熱，熱得讓人受不了，夏天實在是太……Excuse me！」

無話可說的我只好微微地笑著說：

「壞人！」我故意裝作要打外子的樣子，然後迅速離開蚊帳，回到我房間的蚊帳，睡在長男與長女之間，形成一個「小」字的形狀。

雖然只有這樣，但能向外子撒撒嬌，聊天談笑，我已經感到很高興，覺得胸口的疙瘩似乎也溶解了一些。那天晚上，我難得什麼事都不想一直沉睡到早上。

此後，我常常用這樣的方式向外子輕輕地撒嬌、說笑，什麼欺騙都無所謂，什麼不誠實的態度也都沒有關係，什麼道德感我也都不想去理會，即使只有一點點、一陣子，我也要輕鬆地生活，就算只有一小時、兩小時也好，就在我的想法改變抓住外子後，家中常常高聲歡笑之際，一天早上，外子突然表示要去溫泉度假。

「頭好痛，大概是受不了暑氣的關係吧！信州溫泉附近有認識的朋友，他一直邀請我過去，說什麼不用擔心吃飯的問題，要我去那邊靜養兩、三週，再這樣下去，我覺得自己會瘋掉。總之，我想逃離東京……」

他說想要逃跑，但我突然覺得應該是要去旅行。

「你不在時，若有持槍的強盜闖進來，該怎麼辦？」我邊笑，（啊！悲傷的人們總是會笑）邊這麼說。

「妳可以對強盜說我丈夫是個瘋子喔！持槍的強盜應該會受不了瘋子吧！」

由於沒有反對的理由，只好試著從抽屜中找出外子外出的麻料夏服，可是我到處找，卻怎樣都找不著。

我以惡劣的心情說：「找不到。怎麼回事？該不會是被闖空門吧？」

「賣掉了。」外子癟嘴做出似哭的笑臉說。

我嚇了一跳，但仍勉強裝作若無其事的樣子繼續說：

「好吧！那趕快準備吧！」

「那應該是個比持槍強盜更淒慘的地方。」我想一定是那個女人因什麼祕密需要錢。

「那麼，要穿什麼呢？」

「開領襯衫就好了。」

早上才剛提出，中午就要出發，一副想要立刻離家出去的樣子，一直是大熱天的東京那天很難得下起一陣驟雨，外子背著背包，穿上鞋子，坐在玄關的鋪板上，臉上皺著眉，急躁不安地等待著雨停。突然自言自語喃喃地說：

「百日花一年之後說不定就會開花。」玄關前的百日花今年並沒有開花。

「也許吧！」我茫然地回答。

那是我和外子最後一次夫妻般親密的對話。

雨停之後，外子便像是逃跑般，匆匆地離開家。三天後，那個諏訪湖殉情的報導簡短地出現在報紙上。

我收到了外子從諏訪的旅館所寄出的信。

「我和這女子並不是爲了愛情而死的。我是個記者，記者是教唆人去做革命或破壞，然後自己再轉身逃開在一旁擦拭汗珠的奇怪的生物，它是現代的惡魔。連我自己都無法忍受這種自我嫌惡，於是決定要登上革命者的十字架。記者的醜聞，那不是過去所沒有的案例嗎？如果自己的死能讓現代的惡魔多少感到臉紅，有助於他們反省的話，我將會感到萬分高興。」那封信裡寫著這麼無聊的事。

男人，在臨死之際，還得要這樣誇大其詞地談論著什麼意義、道理，裝腔作勢地滿口謊話。

根據外子朋友那邊聽來的消息，那女人是在外子以前的工作地——神田的雜誌社裡擔任女記者，年方二十八、聽說我逃難至青森時，她曾住到這家裡來，後來好像還懷孕什麼的……唉！就只因爲那樣的事，便大嚷著革命什麼東西，然後，就這麼自殺，我深深地覺得外子實在是個很差勁的人。

革命是為了讓人生活輕鬆才推動的，我不相信一個滿臉悲壯神情的革命者。他為什麼不能公然、快樂地愛著那個女人，快樂地愛著身為妻子的我呢？對於地獄般的戀情，當事人的苦雖然會很強烈，但最痛苦的還是旁邊受到波及的人。

輕輕地轉換心情才是眞正的革命，如果能做到這樣，應該就不會有什麼問題。連對自己妻子的心情都無法改變，這革命的十字架實在也太悲慘了些。

帶著三個孩子，坐在前往諏訪領取外子遺骸的火車上，比起悲傷、氣憤，我反而對這樣無可救藥的愚蠢更加感到坐立難安。

BEST OF LITERATURE

貨幣

在外文中，名詞各有男女的性別，
而貨幣被視為女性名詞。

我是七七八五一號的百元日幣。你可以稍微察看錢包裡的百元紙鈔，也許我就在裡面也說不定。

我已經精疲力盡，到底自己現在在誰的懷裡，還是被丟進紙簍裡，我完全搞不清楚。聽說最近要推出新型紙鈔，我們這些舊紙幣將全都被燒毀。

比起這樣不知道自己是生還是死的感覺，倒希望乾淨俐落地燒掉昇天。燒掉之後，會去天國還是地獄？那全憑神明裁決。說不定，我會掉到地獄。

剛出生時，我還沒有現在這樣地卑賤。雖然後來又出來很多二百元紙幣、千元紙幣等比我更高貴的紙幣，但我出生時，百元紙幣還算是當時的金錢女王。當我第一次從東京的大銀行櫃檯交到一個人手中時，那個人的手還微微地發抖。眞的喔！那是個年輕的工人，他悄悄地把我平整地放入腰上的布袋，然後像肚子痛般，左手掌輕輕地壓住腰際。走在路上時是這樣、搭乘電車時也是這樣。總之，從銀行到家中，他的左手掌一直壓著布袋。

一回到家，他趕緊把我放置在神桌上參拜。通往我人生的大門，竟是這樣的幸福，當時好希望可以一直待在那工人家裡。可是，我只在那工人家待了一晚。那晚工人的心情非常好，晚上喝了些小酒，然後對年輕嬌小的太太說：「妳不能再看不起我了。我啊！是個會工作的男人。」他不時神氣地站起身，把我從神桌上拿下來，兩手像是在呈接東西般一副參拜的樣子，惹得太太發笑。可是，就在當時，夫妻間突然起了爭執，最後我被折成四方形放入太太的小錢包中。隔天早上我被太太帶到當鋪，與太太的十件和服交換，被放進當鋪冰冷的金庫中。我身體急速感到寒冷，正當我因肚子痛而感到困擾時，又被帶出外面重見天日。

這次我是與醫學院學生的一台顯微鏡交換。我隨著醫學院學生旅行至很遠的地方，後來，我被那個醫學院學生丟棄在瀨戶內海中某個小島的旅館裡。我在那旅館櫃檯抽屜裡待了將近一個月，從女服務員交頭接耳中，我聽到那個醫學院學生居然在捨棄我離開旅館後不久便投身至瀨戶內海自殺。「一個人尋死真是愚昧！如果是個英俊的男子，我隨時都可以與他一起自殺。」一個臃腫、年約四十，滿是膿包的女服務員這麼一說，惹得大家放聲大笑。之後五年，我遊走四國、九州，身體明顯地老化，而我也逐漸被人輕視。隔了六年再回到東京時，對於身體的巨大轉變，連自己都感到嫌惡。

回到東京之後，我變成一位在黑市裡工作的女人的。離開東京五、六年，我改變了，東京似乎也有所改變。

晚上八點左右，我便跟著微醺的仲介商，從東京車站走到日本橋，然後走出京橋穿過銀座到新橋。這一段路，非常黑暗，就像走在深山林中一樣，不用說一個人都沒有，甚至連隻貓影都沒看到。簡直就像個不吉祥的恐怖死街。

接著開始有咚咚、咻咻的聲音，在每晚的大混亂中，我一刻也沒休息地從那人手上移到這人的手上，就像接力賽中的接力棒一樣，眼花撩亂地被傳遞著。託此之福，我不但被弄成這般地皺摺，身上還沾了各種臭氣，實在讓人感到好羞恥、好洩氣。那時候，似乎也是日本自暴自棄的時期。我從怎麼樣的人手上移到怎麼樣的人手中，爲了什麼目的，是在什麼樣悲慘的對話下讓渡的，關於這些，各位應該都十分瞭解，已經聽多見多，我不再詳細說明。

我深刻體認到，像野獸的，並不只有所謂的軍閥。那並不拘限於日本人，而是人類一個大問題。本來我以爲遭遇命在旦夕的危險時，物慾、色慾都會美麗地忘掉，可是事情卻不是這麼一回事。人們一旦走投無路時，是會毫無善意地彼此貪婪攫取。我體認到只要這世上有不幸的人，我就不會得到幸福。

所謂眞正的人類感情是會爲了自身、自己家庭的短暫安樂，而責罵鄰居、欺騙鄰居、壓倒鄰居（不，你們都有做過一次。更可怕的是你們是在無意識下發生，連自己都沒有注意到。請爲此感到羞恥！如果還是人的話，請爲此感到羞恥，因爲羞恥是人類才會有的感情），我淨看到猶如地獄亡靈在打架、爭吵的滑稽、悲慘的圖像。

不過，雖然是這樣低劣地被使用，但我曾經有一、二次覺得能出生到這世上眞好。儘管自己現在已變得這麼疲憊，連身在何處也搞不清楚，看起來就像張普通的紙幣一樣，但到現在我還是有些無法忘卻的快樂回憶。其中一次是發生在我跟著一個黑店的老太婆從東京坐了三、四小時的火車到一個小都市去的時候。現在就讓我娓娓道來。

在那之前，我已經從很多的黑店穿梭到這間黑店，不過女人開的黑店會比男人的黑店更有效地將我雙倍使用。

說到女人的慾望，實在比男人的慾望來得更深、更驚人、更可怕。帶我去那小都市的老太婆不是等閒之輩，她給一位男子一瓶啤酒，然後收下我。這次，她來到那小都市買葡萄酒。平常黑市價格是葡萄酒一升五十日幣、六十日幣，老太婆蹲坐著與店家竊竊私語，臉上不時露出奸笑，最後竟用我這一張紙幣買到四升的酒，毫不嫌累地將酒背回家。總而言之，這個黑市老太婆的伎倆就是將一瓶啤酒與四升的葡萄酒以及一些水混合，倒入酒瓶中，製成二十幾瓶的啤酒。這已經超出女人慾望的限度，而且這老太婆還一臉不高興地邊抱怨這世界實在太苦了，然後邊走路離去。我被放進葡萄酒黑店老闆的大錢包中，才睡到一半，馬上又被抽出。

這次被交到一位四十多歲的陸軍上尉手上。這上尉好像是黑店老闆的同伴，他拿來一百支軍人專用的菸草「榮耀」（儘管那個上尉是這麼說，後來經葡萄酒黑店老闆一算，發現總共只有八十六支。葡萄酒黑店老闆非常生氣地大罵：「混帳！」）。總之，與包有一百支菸草的紙包交換，我被粗魯地放進那上尉的褲袋裡。當晚，我便在郊區微髒的小吃店二樓提供他吃飯。上尉拼命地喝酒，猛灌高級葡萄酒白蘭地。他的酒品好像不太好，喋喋不休地罵著陪酒的女人。

「妳的臉怎麼看都像隻虎狸。（他把狐狸唸成虎狸，不知道是哪裡的方言）我記得很清楚，狐狸的臉有尖尖的嘴巴，上面還長著鬍鬚。鬍鬚是右邊三條、左邊四條。狐狸的屁眞是讓人受不了，那裡還會冒出黃黃的煙霧，小狗一聞到，就會猛打轉，然後啪地一聲倒下。不是，這不是騙人的！妳的臉是黃色的，奇怪的黃色，一定是被自己的屁給染黃的。哎呀！好臭！是妳放的屁吧！哎呀！居然放屁！妳不覺得很沒禮貌嗎？妳不知道就算不知羞恥，但在軍人的鼻子前放屁還是件很沒常識的事嗎？我對這很敏感。我光用鼻子聞就可以知道狐狸跑到哪裡，怎樣都不能安心。」他煞有其事罵著低劣的話。此時，遠遠傳來樓下的嬰兒哭聲，他又繼續罵道：

「煩人的餓鬼，掃我的興。我是很敏感的，不要看不起我。那是妳的小孩嗎？眞是奇怪。狐狸的小孩也會像人類小孩那樣哭，眞教人吃驚。豈有此理，帶著小孩做買賣，眞隨便！就是淨像妳這種不知身分的下賤女人，日本才會陷入苦戰。妳們如果是智能不足的笨蛋，日本就會勝利。笨蛋！笨蛋！不管怎樣，這個戰爭是沒什麼好說的了。狐狸與狗，都是會團團轉，然後啪地倒下的東西。這場仗是不會打贏了！所以我每晚這樣喝酒買女人，不行嗎？」

「不行！」陪酒的女人臉色發白地說。

「是狐狸又怎樣！討厭的話不要來呀！現在日本這樣喝酒玩女人的只有你們。你們的薪水是從哪裡來的？請好好地想一想。我們賺得大半錢都給了老板娘，老板娘再把那些錢用在你們身上，讓你們可以在這家小吃店裡喝酒。不要瞧不起我，雖然我是一介女流，但我還養得起小孩。你知道現在抱著初生兒的女人有多辛苦嗎？你們是不會知道的。我們的乳房已擠不出任何的乳汁，孩子只能對著空乳房猛吸，不，現在連吸奶的力氣都沒有了。啊！沒錯！他是狐狸的孩子。下巴尖尖，滿是皺紋的臉已經抽噎地哭泣一整天了，我可以抱給你看。儘管如此，我們還是忍耐著。而你們又是怎樣呢？」話說到一半，空襲警報傳出，伴隨著警報同時又傳出了爆炸聲，然後開始了砰砰、咻咻的聲音，房間的窗戶全部都被染紅。

「啊！來了。終於來了！」上尉大叫站起身，白蘭地摔在地上。他人沒站穩，身體跌了個踉蹌。

陪酒女像小鳥般迅速地衝下樓，背起嬰兒，再爬到二樓。「喂！快逃啊！那很危險，真的！」她從後面提起像沒骨頭，全身軟趴趴的上尉，拖著他下樓，幫他穿好鞋，然後拉著上尉的手匆忙地逃到附近的神社裡面。上尉在那邊還呈大字形仰臥睡著，對著空中爆炸聲不知道在狂罵什麼。啪啦！啪啦！降起火雨，神社開始燃燒。

「拜託了！長官，逃到對面去吧！在這裡枉死很沒意義。能逃就快逃！」

在人類的職業中，被指爲從事最低等買賣的這位瘦黑憔悴的婦人，在我黑暗的一生，閃耀著最尊貴的光輝。啊！慾望喔！走開！虛榮喔！走開！日本就是因爲這兩個因素才失敗的。陪酒的女人什麼慾望都沒有，也沒有虛榮，她只想拯救眼前醉倒的顧客。她用全身力量抬起上尉，抱著他的兩腋，歪歪斜斜地走到田圃裡避難。就在逃離後不久，整個神社都變成一片火海。

陪酒的女人將醉醺醺的上尉翻倒在已經收割完成的小麥田裡。她讓他睡在微高的田畦蔭上，然後自己頹然地坐在旁邊猛喘氣。上尉此時已經鼾聲連連了。

當晚，那小都市到處起火燃燒。快天亮時，上尉這才張開眼睛，爬起身，茫然眺望著還在燃燒的大火。突然間，他注意到身旁那位正點著頭打瞌睡的陪酒女人。一股非常狼狽的感覺油然而生，他準備逃跑。走了五、六步，又折回來，從上衣口袋裡拿出五張百元紙幣同伴，之後又從褲袋裡抽出我，將六張紙幣疊在一起，折成一半，插入嬰兒最底層衣服下面的背上，然後倉皇地跑開。我就在這時候感到相當地幸福。一個貨幣能這樣被有效使用，是多麼幸福啊！嬰兒的背後乾乾的，很瘦。雖然如此，我還是對其他紙幣同伴說：

「再沒有比這邊更好的地方了，我們眞幸福。希望一直待在這邊，溫暖這寶寶的背，讓他變得豐腴。」同伴們都沉默地點點頭。

BEST OF LITERATURE

羞恥

菊子，好丟臉啊！太可恥了，說臉上冒火都不足以形容。即使在草原上奔跑，哇哇地大叫，那還不夠。山米爾後書[註❶]有寫到「湯瑪魯[註❷]，頭上蒙著灰塵，衣服袖子碎裂，手放在頭上，一邊大叫一邊離去」，可憐的妹妹湯瑪魯，當年輕女孩感到非常羞恥時，真的會有種想要頭上蒙著灰塵哭泣的感覺。我可以理解湯瑪魯的心情。

菊子，果然就像妳所說的，小說家是人渣！不對，是鬼，非常地差勁。我實在是太丟臉了。菊子，以前我一直瞞著妳。其實我有偷偷地寫信給小說家戶田，而且最後還跟他見了一面。真是太丟臉了，好無聊。

讓我從頭告訴妳整件事情。九月初，我寫信給戶田，非常認真地寫了這封信。

「對不起。雖然我沒什麼見識，但還是寫信給您。我知道閣下的小說並沒有女性的讀者。

女人，只會閱讀刊載很多廣告的書。女人，沒有自己的興趣。就閱讀來看，我也是以一種虛榮的心態在閱讀，胡亂地尊敬故作世故的人，過分抬高無聊的理論。

很抱歉，我覺得閣下您一點都不懂理論，沒有學問。

從去年夏天開始閱讀閣下的小說，我幾乎已全部看完。因此，不用與閣下見面，也很瞭解閣下身邊的事情、容貌及風采，更確定閣下必定沒有女性讀者。閣下將自己的貧窮、吝嗇、夫妻吵架、不好的疾病及容貌上的醜陋、服裝的污穢、吃章魚腳、喝燒酒、暴虐、睡地板、滿是欠債等等很多不名譽、骯髒的事，完全毫不掩飾地告白出來，那是不行的。女人在本能上是崇尚純潔的。

讀了閣下的小說，儘管覺得閣下您有些可憐，但看到您提到自己逐漸變得頭禿、齒疏時，感於您的悲慘，我不禁爲之苦笑。對不起，變得在輕蔑你。你不是會去一些我都說不出口的不乾淨地方找女人嗎？那就對了。連我都曾捏著鼻子閱讀，當然一般女人更是會毫不例外地輕蔑閣下，對閣下蹙眉。我是瞞著朋友閱讀閣下小說的，如果朋友知道我在看閣下的書，可能會嘲笑我、懷疑我的人格、甚至拒絕往來。無論如何，請閣下稍微反省一下。雖然我看到閣下的學問不足、文章拙劣、人格低下、思慮不足、頭腦不靈敏等無數的缺點，但我發現在這些底下還有一層哀愁。

我對那哀愁感到惋惜，其他的女人並不會瞭解。女人，就如前面所提到的，是以虛榮在閱讀，胡亂地推崇高級避暑勝地的戀情，或是一些思想性的小說。我不單是這樣，我相信存於閣下小說底下的哀愁更值得尊敬。

不管怎樣，請閣下不要對自身容貌的醜陋、過去的惡行以及文章的糟糕感到絕望，好好地掌握閣下獨特的哀愁感，同時留意身體健康，並試著讀些哲學、語學的東西，以加強思想的深度。如果將來閣下的哀愁感能以哲學的方式來整理的話，我相信閣下的小說定不會像今日這般被嘲笑，閣下的人格亦可更臻成熟。待人格完成之日，我將現身告知我的住址及姓名，並與閣下見面。

不過，現在我只能遠遠地獻上我的支持。容我先致歉，這並不是支持者的愛慕信。我見過您的夫人，請不要誤以爲自己也有女讀者。我是有自尊的。」

菊子，我大致寫了這樣的信。稱呼閣下、閣下，感覺好像不太好，但戶田先生和我的年紀相差很多，若直接稱呼「你」的話，這又會顯得太過親暱，我討厭這樣。如果戶田先生因此有了與年齡不符的想法，起了奇怪的念頭，我將會覺得很困擾。又沒有像尊稱「老師」般那樣尊敬戶田先生，而且他也沒那麼有學問，稱呼他「老師」，我會覺得非常不自然。因此決定稱呼他閣下，不過用「閣下」，也眞的是有些奇怪。

雖然我寄了這封信，可是我並沒有良心的苛責，我覺得自己是做了件好事。能對可憐的人盡上微薄之力，我很高興。不過，我在這封信上並沒有寫明住址跟姓名。因爲，我害怕！如果他以一副骯髒的裝扮喝醉酒闖進我家的話，媽媽不知道會有多驚訝啊！說不定還會強迫我們借錢給他什麼的……畢竟他是個有壞毛病的人，不知道會做出什麼可怕的事。我想永遠當個隱形的女人。

可是，菊子，已經沒辦法了。發生了非常嚴重的事。還不到一個月，就發生了一件我怎樣都必須寫信給戶田先生的事情，而且這次我還要清楚地告知他我的住址、姓名。

菊子，我是個可憐的人。如果妳知道當時我的信件內容，大致可以明白原因了。我接著就來說明，但請別笑我。

「戶田先生，我很驚訝，爲什麼你會找出我本人？是的，沒錯，我的名字是和子，而且我是教授的女兒，二十三歲，美麗出眾。拜讀你本月於「文學世界」

的新作，我感到啞然。我發現眞的、眞的是不能輕忽小說家。想必您已經知道，而且連我的感受都完全看穿。看到「以上全爲胡亂的幻想」這辛辣的一筆，我發現閣下的確有驚人的進步。

關於我那封匿名信能迅速地激起閣下的創作慾望，也感到非常地高興。雖然說女性的一個支持會成就一位作家，但如此明顯的激勵，仍是我始料未及的事。據說雨果、巴爾扎克這些大家也都是藉著女性的保護與慰藉才創作出許多傑作，我深深地瞭解到雖然我的力量尚不足那麼偉大，但還是幫助了閣下。不管怎樣，請好好努力，我會常常寫信給你。在閣下這次的小說裡有略微地對女性心理進行解剖，這的確是個進步。

我可以感覺到小說裡面充滿很多新意，不過還是有不少不足之處。因爲我是年輕的女性，故今後我願告訴你很多女性心理。總之，請再多讀書，充實自身哲學的素養，素養不足的話，是怎樣都無法成爲偉大的小說家的。若發生痛苦的事情，敬請不要客氣，寫信給我。既然已經被你識破，那我就不再隱瞞。我的住址與姓名就寫在上面。這不是假名，敬請放心。當閣下哪天完成自己的人格時，我一定會與閣下見面，在此之前，只能以通信的方式聯絡，敬請見諒。眞的，這次我很驚訝，沒想到您連我的名字都清楚知道。想必是閣下對於我的信感到興奮、騷動，出示給朋友們看，然後再以信的郵戳爲線索，拜託報社的朋友，終於查到我的名字的吧！不是這樣嗎？不過，我並不喜歡男人因收到女人的信就起了大騷動。您是怎麼知道我的姓名，還有我是二十三歲的事的呢？請以信件告知。我願永遠與您通信。下次會我寫更溫柔的信給您。請保重。」

菊子，我現在邊膽寫這封信，邊不斷地癟嘴痛哭，可以感受到全身都滲出汗。請仔細看，是我搞錯了，他根本就沒有寫出我的事，根本就沒有把我當成一回事。啊！好丟臉。菊子，請同情我，讓我把話說完。

妳讀了戶田先生在「文學世界」所發表的短篇小說《七草》嗎？裡面描述一位二十三歲的女孩很害怕愛戀、憎恨恍惚，後來與六十歲的有錢老爺結婚，但又因此感到厭倦，憤而自殺。有些露骨、黑暗，但有戶田先生的味道。我讀了那小說之後，馬上就想到是以我爲範本寫出來的。不知道爲什麼，我只讀了兩、三行就這麼認爲，馬上臉色發白。那個女孩的名字跟我一樣，不也是叫和子嗎？年齡也一樣，不也是二十三歲？父親是大學老師那部分，不也相似？雖然之後與我的身世發展完全不同，但不知道爲什麼，我相信這一定是從我的信中所獲得靈感的創作。這就是大羞恥的源頭。

四、五天之後，我收到戶田先生寫來的明信片。上面是這麼寫著。

回函

我收到您的信了。非常感謝您的支持，我也仔細地拜讀您之前的信。至今，我從未做過那種將別人寫的信拿給家人看，並予以嘲弄等失禮的事。我也從來沒有拿給朋友看，引起騷動。這一點，您儘管放心。您說待我人格完成之後，將會與我見面，只是，人眞的可以單憑自己的力量就完成自己嗎？簡略

果然小說家會說些甜言蜜語。被將了一軍，我覺得很懊惱，我發了一整天呆。第二天早上，我突然很想見戶田先生。一定要見他，他此刻一定很痛苦。如果我現在不和他見面的話，他說不定會墮落下去。他在等我來，一定要去見他。我立刻開始整裝。

菊子，妳覺得去訪問長屋的貧窮作家，可以穿得很華麗嗎？絕對不行。曾經某個婦女團體的幹事們圍著貂皮，去探望貧民窟，不是就發生問題了嗎？一定得小心注意。

從小說來看，戶田先生連可以穿的和服都沒有，只有一件露出棉絮的棉襖。而且屋裡的榻榻米壞掉，房間鋪滿報紙，他就坐在那上面。我如果穿著最新流行的粉紅裙子去那樣貧困的家，反而會讓戶田的家人感到寂寞、害怕，那樣會很失禮的。於是，我拿出女校時代滿是補丁的裙子，然後再穿上以前滑雪時所穿的黃色夾克。這個夾克已經變得很小，兩個袖長只到手肘附近，袖口裂開，垂著毛線，就像一個貨眞價實的典當貨。

透過小說我知道戶田先生每年一到秋天都會起腳氣病，很痛苦，所以我準備了一條床上用的毛毯，用包袱巾包著帶去。我想對他提出忠告，請他試著用毛毯裹住腳繼續工作。我瞞著媽媽，偷偷地出來。菊子，妳應該知道吧！我前齒有一顆可以取出的假牙。在電車上我將它輕輕地取下來，故意裝成很醜的樣子。戶田先生應該是有掉很多的牙，爲了不讓戶田先生感到羞恥，讓他安心，我決定也要讓他看到我牙齒的缺點。我將頭髮弄得亂七八糟，眞的變成一個醜陋、貧窮的女孩。爲了撫慰軟弱愚笨貧窮的人，我必須絞盡腦汁，面面俱到。

戶田先生的家在郊外，從省縣電車下來，向警局詢問，很簡單地就找到了戶田先生的家。菊子，戶田先生的家並不是長屋，雖然有些小，但是一棟看起來很乾淨的屋子，庭院也整理得很漂亮，開滿秋天的薔薇。全部都是意想不到的事。打開玄關門，木屐箱上放置了一個插有菊花的水盤。有一個沉穩、非常高貴的太太走出來向我致意。我還在想是不是弄錯屋子了。

「請問，寫小說的戶田先生是住在這邊嗎？」我驚惶地問。

「是啊！」太太優雅回答的笑臉讓我覺得自己很貧窮。

「老師，」我不加思索地說出老師這個字。「請問老師在嗎？」

我被帶到老師的書齋。一個一臉嚴肅的男人端坐在書桌前面。他並沒有穿著棉襖。我不太清楚那是個什麼材質的布料，在深青色的厚夾衣上，綁有一條黑底白紋的腰帶。書齋有茶室的感覺，正面的牆壁上掛了一幅漢詩軸，不過，我一個字都看不懂。竹籃裡種有一株美麗鮮嫩的常春藤，書桌旁則堆積了很多的書。

完全不一樣！牙齒沒脫落，頭也沒禿，一副冷靜的臉龐，一點都沒有不乾淨的感覺。這個人會喝燒酒睡地板？我感到非常不可思議。

「小說的感覺和見面之後的感覺眞是完全不同。」我打起精神說。

「是嗎？」他輕輕地回答。對我不甚關心的樣子。

「爲什麼會知道我的事？是去調査過了嗎？」我提出那件事，並試著整理自己儀表。

「什麼事？」他一點反應也沒有。

「雖然我隱藏了姓名和住址，但不還是被老師給識破？在我前幾天寄來的信上，好像一開始就提出了那件事吧！」

「我不知道妳的事。眞是奇怪！」他以清澈的眼睛直視我的臉，淡淡地笑著。

「好！」我開始感到狼狽。「如果眞是這樣，那應該不會不瞭解我信上的意思吧！這樣一直保持沉默實在太過分了，你把我當成笨蛋嗎？」

我開始想哭，原來是我個人在愚蠢地自以爲是。亂七八糟、亂七八糟。菊子，說是臉上冒火都還不足以形容。就算說想在草原上奔跑，哇哇地大叫，也還嫌不夠。

「那麼，請把信還給我。太可恥了，請還給我。」戶田先生一臉嚴肅地點著頭。也許他已經在生氣，過分的傢伙，我震驚地想。

「我要找一找。我不會把每天的信件一封封地保存起來，說不定已經不見了。之後我會叫家裡的人去找。如果找到的話，再寄還給妳。是兩封嗎？」

「是兩封！」我認眞地回答。

「說什麼我的小說跟妳的遭遇很相似，我寫小說是絕對不用範本的，全部都是虛構。尤其，妳那第一封信……」他突然噤口不出聲，低下頭來。

「打擾了。」我是個缺了牙，看起來很破爛的乞丐女。狹小的夾克袖口裂開，深藍色的裙子滿是補丁，我從頭到腳都被輕蔑著。小說家是惡魔！騙子！明明不貧窮，卻故作非常貧困的樣子。明明一表人才，卻要說什麼醜陋，博取同情。明明就一直在努力求知，卻要說什麼不學無術，裝迷糊。明明愛著太太，卻要胡謅每天夫妻吵架。明明不痛苦，卻要裝成一副辛苦的樣子。我被騙了。我沉默地鞠躬，站起身。

「您的病怎麼樣了？腳氣病還好嗎？」

「我很健康。」

爲了這人我還帶來毛毯。不過，得再帶回去。菊子，在過度羞恥之下，抱著毛毯包，在回去的路上開始哭泣。我把臉壓進毛毯包裡哭泣，結果還被汽車司機怒斥：「混帳！走路小心！」

過了兩、三天，我的那兩封信被放在大信封中以掛號寄來。那是我微弱的一縷希望。老師會不會寫來可以挽救我羞恥的箴言？這個大信封裡，除了我的兩封信，會不會還放有老師溫柔的安慰信？我抱著信封祈禱，然後打開信封，除了那兩封信，裡面什麼都沒有。

說不定在我的信裡面會像隨筆那樣寫些什麼感想，一張、一張，我仔細地檢查信紙的反面、正面……結果什麼都沒有寫。這個羞恥，妳知道嗎？我眞想從頭蓋著灰。我已經成長了十歲。小說家實在太無聊了，人渣，寫得全都是謊言，一點都不浪漫。

我本來以爲他是生活在普通的家庭，而且不會冷淡地輕蔑目送有些骯髒、前齒脫落的女孩，永遠都是以一副拘謹的態度，心靈澄靜地活著。實在是太慘了，竟然有了這樣的醜事。

註❶：「舊約聖經」中一部歷史故事，描寫伊斯拉魯王國的故事。分前後二書，後書爲大衛的故事。

註❷：「山米爾後書」第十三章裡有提到「大衛之子亞柏薩羅姆有位名爲湯瑪魯的美麗妹妹，大衛之子亞姆諾卻愛慕她」。後來她被亞姆諾玷污拋棄。

BEST OF LITERATURE

女生徒

一早，睜開眼睛的心情是很有趣的。

好像玩捉迷藏時，動也不動地躲在漆黑的壁櫥中，突然，嘎拉地門被人拉開，光線條地照射進來，然後聽到對方大聲叫道：「找到你了！」好刺眼，然後一陣怪異的感覺，心口噗通噗通地直跳，就像那種抓著和服前襟，略帶羞澀地從壁櫥裏出來，然後氣呼呼的感覺。不、不對，不是這種感覺，應該是更讓人受不了的感覺；好像打開一個箱子，結果裡面還有個小箱子，把小箱子打開，裡面又有個小箱子，繼續打開，又有箱子，再打開，還有箱子，然後，七、八個箱子，全部打開後，才停止這場沒完沒了，最後出現了一個骰子般大小的箱子，輕輕地把它打開來一看，裡面卻空蕩蕩。有點接近這樣的感覺。

說什麼啪嚓睜開雙眼，根本是騙人的。我的眼睛不斷地混沌，就像澱粉漸漸往下沉澱般，然後一點點慢慢澄清，最後感到疲憊，整個人也爲之清醒。早上，總感到有點空虛。難過的事不斷湧上心口，讓人受不了。討厭！討厭！早晨的我最醜陋不堪了。也許是沒睡好的關係，此時的我兩腳無力，什麼都不想做。

說什麼早晨有益身心，那根本是騙人的。早晨是灰色的，一直以來都是如此，是最虛無的。早上躺在床上，總是感到厭世，覺得討厭，對各個醜行更是悔恨，甚至還悶鬱到整個胸口梗塞，坐立難安。

早晨，眞是可惡。

我小聲地叫著：「父親！」一陣難爲情，但又很開心。我翻起身，迅速疊好棉被。抱起棉被時，吆喝一聲：「嘿咻！」突然間我想到，到目前爲止，我從未想過自己是個會說出像嘿咻這般低俗字眼的女人。「嘿咻！」聽起來好像老太婆在吆喝，眞令人討厭。爲什麼我會發出這樣的聲音呢？也許在我身體的某處，正住著一位老太婆。感覺眞是不舒服，以後我可要多注意一些。這就像對人們低俗的走路模樣大蹙眉頭的同時，猛然發現自己也是這樣行走般，教人萬分沮喪。

早上，我總是毫無自信。穿著睡衣坐在鏡台前，不戴眼鏡看著鏡子，我的臉龐有些模糊。雖然最討厭自己臉上的眼鏡，但眼鏡卻也有旁人無法瞭解的好處。我最喜歡摘掉眼鏡眺望遠處，整個世界變得朦朧，恍如夢境像萬花筒般，感覺很棒。什麼髒污都看不到，只有龐大的物體，鮮明、強烈的光線映入眼簾。我也喜歡摘掉眼鏡看人。人的臉龐，都變得柔和、美麗、笑容可鞠。摘下眼鏡時，我絕對不會想要和其他人發生爭執，也不會口出惡言，只會默默地、茫然地發著呆。那個時候的我總覺得每個人都看起來很良善，會安於發呆，想要撒嬌，心情也變得溫和許多。

可是，我也有不喜歡眼鏡的時候。一戴上眼鏡，臉部所衍生的觀感就會消失殆盡。從臉部衍生出的各種情緒，浪漫、美麗、激烈、軟弱、天眞、哀愁一切均被眼鏡給遮掩住，再也無法用眼睛擠眉弄眼地交談。

眼鏡是個妖怪。

我一直很討厭我的眼鏡，總覺得擁有美麗的雙眸是最棒的。即使沒鼻子，藏起嘴巴，看到那雙眼睛，會讓自己想要活得更好的眼睛，就會覺得很棒。我的眼睛只是大了些，沒有什麼用處，所以一盯著自己雙眼看，就感到相當失望。連媽媽都說我兩眼無神，可說是沒有光彩的眼睛吧！一想到它像煤球，就覺得沮喪。因爲這樣，我覺得好慘喔！面對鏡子時，每每都深切地盼望能夠變成濕潤有光彩的眼睛，像碧湖般的眼睛，或像躺在青青草原上望著天空的眼睛，可以常常映出白雲的流動，甚至連鳥的身影也都照映得清清楚楚。好想和擁有美麗眼眸的人相遇。

從今天開始就是五月了，一想到此，心裡多少有些雀躍。很開心，因爲夏天就快要到了。走出庭院，草莓花映入眼簾，父親去世的事實，變得很不可思議。死亡、去世這種事最討厭，實在讓人難以理解，教人納悶。好想念姊姊、分開的朋友、還有好久不見的人。這些過去的事、前人的事，就像臭醃菜般環繞在我周遭，眞是受不了。

恰皮、卡兒（因爲是可憐的狗狗，所以叫牠卡兒），兩隻狗一齊跑過來，並坐在我跟前。我只喜歡恰皮，恰皮的白毛光亮亮地很美；可是卡兒卻髒兮兮。我在撫摸恰皮時，清楚地看到卡兒在一旁哭泣的表情。我也知道卡兒只有一條腿。但我就是不喜歡牠那副悲傷的樣子，就是可憐得讓人受不了，所以我才故意不對牠好。卡兒看來好像隻野狗，什麼時候會被抓去殺掉都很難說，牠的腳都已經這樣了，就算要逃，也跑不快吧！卡兒，請趕快到深山裡去，因爲誰都不喜歡你，還是早早去死吧！不僅是對卡兒，對人我也會做出惡劣的事，欺負別人、傷害別人。我實在是個惹人厭的小孩，坐在走廊上撫摸著恰皮的頭，看到映入眼簾的綠葉，突然感到一陣難爲情，好想坐在土地上。

我想試著哭泣。屏住氣息，讓眼睛充血，也許會流下一點淚來。我試著做看看，但還是沒辦法，也許我已經變成個沒有眼淚的女人。

算了，開始打掃屋子。邊掃邊哼起「唐人阿吉」，稍回過神，沒想到平常熱中於莫札特、巴哈的我，居然也會無意識地哼唱「唐人阿吉」也很有趣。拿起棉被時吆喝著嘿咻，打掃時唱著「唐人阿吉」，自己該不會已經變得非常糟糕了吧？再這樣下去，不知道會說出怎樣下流的夢話？我感到非常地不安。不過又莫名地覺得很可笑，於是停下拿著掃帚的手，一個人笑了起來。

我換上昨天新做的內衣。胸口處刺有一朵小小的白薔薇。上衣一穿上，就看不見這朵花，所以誰都不知道。為此，我感到相當得意。

母親正忙著幫人作媒，一大早披頭散髮出門去。從我小時候起，母親就常為別人的事盡心盡力，雖然我已習以為常，但還是對母親的精神感到訝異，深深佩服。也許是父親只專注於讀書之故，所以母親連父親那一份也一起做了。父親早已疏於社交，母親卻不斷地與善良的人們接觸。雖然他們兩人個性不同，卻能彼此敬重地相處。眞是一對沒有醜惡，美好又祥和的夫婦，啊！我覺得好驕傲、好驕傲。

在醬湯溫熱前，我坐在廚房口，呆望著前面雜樹林。我發現以前，剛剛也是這樣，我總坐在廚房口，以同樣的姿勢，想著同樣的事望著前面雜樹林。瞬間，莫名地想到過去、現在、未來。這種情形常常發生。

和某人坐在房裡說話，視線往桌子角落的方向移動，然後靜止下來，只有嘴巴在動。

在這樣的狀態下產生奇怪的錯覺，覺得好像什麼時候，自己也曾在同樣的狀態下，談論著同樣的事，覺得以前看過這張桌子的角落，或是過去的事、以前的事又悄悄原封不動來到自己面前。即使步行在多遠的鄉下野道上，我也一定會認爲以前來過。步行時，我會順手啪地摘下路旁的豆葉，然後想著，的確曾在這條路上把豆葉摘下。而且我相信，不管我走在這條路上多少次，自己都將會再把豆葉摘下。有一次洗澡時不經意地看著手，想到之後不管過了多少年，在洗澡時自己也會這麼不經意地看著手，若有所感。一這麼想，不知怎地，心情就沉了下來。

某天傍晚，把飯裝到飯桶時，說是靈光乍現也有點誇張，但體內卻有某種東西咻咻地跑來跑去的感覺，該怎麼說呢？我想應該是哲學的尾巴！可是一旦放任這些思緒，腦袋和胸口就開始變得透明，一種生命中輕柔地沉靜，以一種搓揉涼粉時的柔軟觸感，慢慢地衝擊著我，美麗而輕輕地擴及全身。此時，我並沒有想到哲學的東西，只是有一種預感，覺得自己會像隻賊貓一般，一聲不響地活下去的。這種感覺並不尋常，甚至很可怕。如果那樣的感覺一直持續的話，也許會變成神靈附身那樣。我想到基督，不過，可不想當個女教徒。

我想一切應該是因爲我很無聊，沒什麼生活上的辛苦，無法處理每天所見的幾百、幾千的感受，所以這些東西才趁著我發呆的時候，幻化成妖怪，一一浮現出來吧？

獨自坐在餐廳吃飯。今年第一次吃到小黃瓜，從青翠的小黃瓜可知道夏天來了。五月黃瓜的澀味中帶有一種會使胸口空虛、刺痛、發癢地哀傷。

每次獨自在餐廳吃飯時，就好想旅行，好想搭火車。看著報紙，報上刊登出一張近衛[註1]先生的照片。近衛先生是個好男人，但我不喜歡他的臉，他的額頭長得不好。我最喜歡看報上所刊登的圖書文案。由於一字一行大概都要花上一百元、二百元的廣告費，因此爲使一字一句發揮最大的效用，人們都痛苦地絞盡腦汁擠出名句來。這樣字字如金的文章，恐怕世上不多了吧！我莫名地感到心情愉快。

吃完飯，關好門上學。雖然覺得應該不會下雨，但因想帶著昨天從母親那邊要來的好雨傘，於是便把它帶在身邊。

這把雨傘是母親少女時代所使用的，發現這個有趣的傘面，有些得意。好想拿著這把傘，行走在巴黎的街道。等到戰爭結束後，一定會流行這種夢幻般復古的雨傘，這把傘與女用的外出帽應該很適合。穿上粉紅色長裙、開著大襟領的衣服，戴著黑絹蕾絲長手套，在寬帽沿的帽子，別上紫堇花，迎著深綠的季節前去巴黎的餐館吃早餐。然後憂鬱地托著腮幫子，看著窗外川流不停的人群，此時有個人，輕拍我的肩。耳畔瞬間響起音樂，玫瑰的華爾滋。啊！好可笑！好可笑！可惜現實中只有這把老氣奇怪的長柄雨傘。自己眞是淒慘可憐！好像賣火柴的少女。總之，還是去拔草吧！

出門時，稍微拔了一下門前的草。算是幫母親的忙，也許今天會有什麼好事發生也說不定。同樣是草，爲何會有被拔去的和放著生長的草呢？既然可愛與不可愛的草外型並沒什麼不同，爲何一定要區分喜歡和討厭的草呢？沒什麼道理。

喜歡或討厭女人，這實在是太任性的主觀。忙了十分鐘後，便急急地趕往停車場。穿過走道時，總是很想要寫生。途中，路經神社的森林小路。這是我新發現的捷徑。走在林間小路上，不經意地往下看，小麥苗每隔兩吋地到處生長。一看到青梗小麥苗，就曉得今年軍隊有來過這邊。去年也有大批軍隊和馬匹駐紮在神社森林休息。過一陣子後來到這兒看看，小麥就像今天一樣很快地滋長。這些麥苗並不會再繼續生長，今年這些同樣從軍隊的桶子中掉落出的小麥，在昏暗的森林裡，完全照不到陽光，煞是可憐，這樣下去一定會死掉。

離開神社的森林小路，在車站的附近，我碰到了四、五名工人。這些工人，又如往常對我說些口沒遮攔的髒話，使我不知如何是好。雖然想超越這些工人先行離去，但若這麼做，勢必又得鑽過他們之間的縫隙，與他們擦身而過，好可怕。不過，話雖如此，若只是站著不動，讓工人先行離去，自己再保持一定的距離，還是需要足夠的膽識。可是這樣的行爲有些失禮，也許工人們會感到很生氣。我的身體開始顫慄，幾乎要哭了出來。對這種哭泣感到很不好意思，勉強向他們笑了笑後，慢慢地走在他們後面。儘管那時候我只能這麼做，但懊悔並未隨著乘電車而消逝。眞希望自己可以早日對這些無聊的事淡然處之，變得堅強、美麗。

電車入口附近有個空位，我把用具輕輕地放在那邊，然後拉直裙擺，準備端坐下去。此時，有個戴眼鏡的男人將我的用具挪開，整個人先坐了下去。

「喂！這是我找到的位子。」聽到我這麼說，男人只是苦笑，然後若無其事地看起報紙。仔細想想，眞不曉得是誰厚臉皮，也許是我也說不定。

沒辦法，只好把雨傘和行李放到網架上，拉著皮革吊環，一如往常，想看雜誌時，便用單手隨意翻閱頁數，想想事情。

若要讓自己來選書的話，沒有這類經驗的我應該會因而哭喪著臉吧！我很相信書上所寫的東西。開始閱讀一本書之後，我常會沉溺其中，信賴、同化、共鳴甚至融入於生活之中。等到再閱讀其他書時，我又立刻爲之一變，呈現出另一種樣貌來。竊取他人的東西，把它好好地改造成自己的東西，這種狡猾是我唯一擅長的才能。但我眞的很討厭這狡猾，每天重複著失敗，眞是可恥，也許以後自己會變得穩重些。不過，從這種失敗中牽強附會地扯出道理，然後熟練地予以修飾，編出一套像樣的理論，這似乎是悲苦戲劇所擅長的。（這句話好像在某書上讀過）。

我眞不知道哪一個才是眞正的自己。當讀的書不見，模仿的樣本又找不著時，我會怎麼辦？也許我會手足無措，蜷曲著身子，胡亂地摀住鼻子。不管每天在哪輛電車裡，都是這麼胡思亂想，實在很糟糕！身體還殘留著討厭的餘溫，受不了。雖然我知道自己必須做點什麼，一定得做些什麼，但究竟怎麼做，才能緊緊把握住自我呢？以前的自我批判，實在沒什麼意義。批判後，一旦注意到討厭的軟弱部分，馬上又對此感到心疼、憐恤，然後做出不必小題大作的結論，使得批判變成不了了之。看來，什麼都不用考慮的，還是只有良心吧！

這本雜誌有個標題「年輕女孩的缺點」，裡面很多人投書。閱讀當中，有種好像在說自己的感覺，覺得好難為情。寫的人，根據各自不同，平常覺得自己很笨的人，果然寫出很笨的東西；看到相片會覺得很漂亮的人，就會運用美麗的字眼，真滑稽。我嗤嗤笑著讀下去。宗教家會立刻提出信仰，教育家則自始至終提到恩惠、恩惠。政治家會用到漢詩。而作家，則大費周章地使用華麗的辭藻，自以為是。

儘管如此，裡面所描寫的都相當正確。沒有個性、沒有深度，甚至離正當的希望、野心都還有段遙遠的距離。總而言之，就是沒有理想。就算有批判，也並未具有影響自己生活的積極性。沒有反省。沒有真正的自覺、自愛、自重，即使有勇氣付諸行動，也無法擔負所有結果的責任。雖然能順應自己周遭的生活模式、巧妙地處理問題，但自己卻對生活周遭沒有強大的熱情，沒有真正的謙遜、缺少獨創性。只有模仿。缺少人類原本「愛」的感覺，就算裝得高雅，卻沒有內涵。除此之外，雜誌還提到了很多的事。讀了之後，不斷地大口喘氣，無法予以否定。

不過，這裡所提到的全部言論都還算相當樂觀，總覺得這些東西與這些人的心情還有些差距，他們只是寫寫而已。裡面出現了「真正的意義」、「本來的」等形容詞，但到底什麼是「眞正的」愛、「眞正的」自覺呢？卻沒有刻意地說明。也許這些人知道。若眞是這樣，如果他們能具體地用一句話，權威地指示我們往左、往右，該有多好。因爲我們已經看不見愛的表現方針，不說那不行、這不行，改以強烈的口吻命令這樣做、那樣做，反而照單全收。也許大家都沒有自信。在這邊發表意見的人，並非在任何場所都持這樣的意見。儘管被斥責沒有正確的希望、野心，但當我們要追求理想，付諸行動時，這些人該會在各處守衛我們，引領我們吧！

我們隱約知道自己該去的最好地方、想去的美好地方、可以使自己伸展長才之處。我們想要有好的生活。也正因如此，懷抱著正確的希望、野心。一想到得抱持著值得依賴，不爲所動的信念，我的內心就感到急躁不安。不過，身爲女孩，若要將這些東西具體實現在一個女孩生活上的話，應還是需要相當努力。此外，還需要有母親、父親、姊姊、兄長的想法。（說歸說，雖有點古板，但沒有瞧不起人生的前輩、老人、已婚人士等意思，只不過覺得這些應置於第二順位或第三順位）也要有常往來的親戚，要有認識人，有朋友，還要有個總是用強大力量推動我們的「世俗」。一旦想到、看到、思考到這些所有的事，就不能再吵著要發揮自己的個性。

不特立獨行，選擇多數人通行的道路，持續前進，這才是最聰明的方法。將施予少數人的教育施予給大衆，是件悲慘的事情。隨著年齡增長，逐漸明白學校規定與社會習慣有著極大的差異。完全遵守學校的校規，會被人視作笨蛋，被說成怪人無法成材，一直貧乏下去。也許有不說謊的人吧！有的話，那個人鐵定是個失敗者。在我的親戚當中，有個行爲端正、抱持堅定信念、追求理想、試圖活出自我的人，結果親戚們全在說他的壞話，當他是個傻瓜。雖然明白被當成笨蛋就是失敗，但在反抗母親和親戚之前，自己卻一直無法伸展自我意志。小時候，當我意見和大家不同時，母親就會問我：「爲什麼？」此時，若是我用一句話敷衍，母親就會非常生氣地說：「壞孩子，品行不佳！」然後顯出一臉悲哀的樣子。母親也曾向父親告狀，父親只是默默笑著。聽說母親那時認爲我是個「反常的小孩」。後來，隨著漸漸長大，我開始變得戰戰兢兢。即使做一件衣服，也會考慮每個人的意見。

儘管偷偷喜愛符合本身個性的東西，想要去愛護，但就是沒有辦法清楚地表現自我。我總想要成爲別人眼中的好女孩。許多人聚在一起時，總覺得自己好卑賤，扯著謊，聒噪地淨說些不想說或背離本意的話。我很擅長這個。因爲很擅長而覺得很反感。時代若能早點改變就好了，這樣一來，自己就不會有這種卑屈，爲了別人的想法而戰戰兢兢地生活。

哎呀！那邊的位子是空的。我從網架上拿下用具和傘，匆忙地擠進裡面。右邊是中學生，左邊是背著孩子，穿著育嬰服的太太。那位太太已上了年紀，臉上塗著厚厚的妝，頭上用著時下流行的髮捲，人還算漂亮，但喉嚨的地方有些黑黑的皺紋，看來淒慘樣，讓我覺得好討厭，好想揍她。

人站時與坐時感覺完全不同。一坐下來，就滿腦子想著無意義的事情。我對面位子上有著四、五個年齡相仿外型稱頭的上班族。他們茫然發呆地坐著，大概是三十歲左右吧！全都很令人討厭。一副睡眼惺忪的樣子，毫無霸氣。如果我現在對這些人之中的一位微笑的話，說不定單憑如此，我就會被拉去和那人結婚不可。女人決定自己的命運，單憑一個微笑就很足夠了。好可怕，眞是不可思議，我得要多留意。

早上，淨想些奇怪的東西。突然很想念兩、三天前來家裡整理庭院的園丁。他從頭到腳都是園丁的打扮，但他的長相，怎樣都不相配。誇張地說，他有張像哲學家的面孔，他的膚色是黑色的，眼睛很漂亮，眉毛也很有威嚴。他的鼻子有獅頭鼻的味道，與黑肌膚很相稱，看起來意志堅強的樣子，嘴唇形狀也很好，只是耳朵有點髒。一看到手才又回過神知道他是園丁，但那張帶著黑色軟帽遮陽的臉實在讓人覺得他當園丁很可惜。曾向母親打聽三、四次問他是不是一開始就是個園丁？問到最後還被母親給斥責一番。

今天包著用具的包袱巾是那個園丁第一天來時，我向母親要來的。那天，家裡在大掃除，修理廚房的工人、榻榻米的工人都來到家中，母親也在整理衣櫥，我就在那時候看到這個包袱巾，把它要了來。這是一張漂亮的女用包袱巾，覺得它很漂亮，把它打起結來，非常可惜。這樣坐著，把它放在膝上，看了好幾次，我撫摸著它，好希望電車上的人能都看著它，可惜沒人注意。只要能看一下這條可愛的包袱巾，要我嫁給他都無所謂。

想到「本能」這個字，我就好想哭。本能是我們意志無法控制的力量。漸漸地從很多事情上瞭解到這個道理，我覺得自己幾乎要發狂。該怎麼做才好呢？我感到很困惑。不能肯定，也不能否定，只覺得頭上似乎頂了一個好大的東西，把我拉著走。被拉著走，有種滿足的感覺，也有種悲傷眺望的感覺。爲何我不能過著讓自己滿足，一生只愛自己的生活呢？看著本能腐蝕著以前的感情、理性，就覺得好難爲情。在稍微忘掉現實的自我之後，我感到有些喪氣。隨著自我本能逐漸明朗，我有種想哭的感覺。好想叫喚母親、父親。不過，也許眞實這東西就出乎意料地存在於連自己都很討厭的地方，眞是愈來愈難爲情。

已經到御茶水站了。一到月台，所有的事就忘得一乾二淨。我趕忙回想剛剛發生的事情，但怎樣都想不起來。再繼續想下去，即使感到焦急，也什麼都想不起來，腦袋空空。儘管當時我是那麼地心情激動，覺得痛苦、羞恥，但事過境遷，這些卻又像什麼都沒發生一樣。現在這瞬間，覺得很有趣。現在、現在、現在，就在用手指頭計算的時候，現在，早已遠走高飛，而新的「現在」緊接著。爬著天橋樓梯邊想著這是什麼東西，眞是愚蠢。也許我是太幸福了也說不定。

早上小杉老師很美麗，像我的包袱巾那般美麗。美麗的青色很適合老師，胸前火紅的康乃馨顯得很搶眼。如果沒有「假裝」的話，我會更加喜歡這老師。她太裝模作樣了，似乎有些勉強，那樣應該也會累吧！她的個性有些令人難以捉摸的部分，好多我不清楚的東西，明明是性情陰鬱，卻要努力故作開朗樣。但無論如何，她還是個有魅力的女人，當老師有些可惜。儘管教室裡沒有什麼人喜歡她，但我一直被她所吸引。我覺得她像是住在山中、湖畔古城的大小姐。討厭，誇獎她了。小杉老師的話，爲什麼總是那麼無趣呢？大概頭腦不好吧！好可悲。從剛才開始就一直針對愛國心說個沒完，那些事，難道還知道得不夠多嗎？什麼不管怎樣的人都有鍾愛自己出生地的心情，眞是無聊。庭院一角，有四朵薔薇在綻放。一朵黃色，兩朵白色，一朵粉紅色。我呆望著花想：這眞是個好地方。能發現美麗的花該只有人以及愛花的人。

午餐時候，提到妖怪的事。雅絲貝姐姐的一高七大不可思議的「打不開的門」，惹得大家哇哇大叫。我沒有逃之夭夭，覺得十分有趣。由於玩得很瘋，剛吃飽肚子又餓了。我從安潘夫人那邊拿了牛奶糖之後，大家又沉迷在恐怖故事中。每個人都對這些妖怪故事感到興趣盎然，這對我們應該算是一個刺激吧！接下來所講的就不是怪談，而是「久原房之助」註❷的故事，故事很奇怪。

下午美術時間，大家都到學校庭院上寫生課。伊藤老師為什麼老是折騰我呢？今天，老師要我當他圖畫的模特兒。我早上拿來的舊雨傘很受同學歡迎，大家都為之騷動，後來伊藤老師知道這事，便要我撐著傘，站在學校的一角，薔薇的旁邊。聽說老師要畫下我的姿態，然後參加這次展覽。我答應只當三十分鐘的模特兒。能幫人一些忙，覺得很高興。不過，與伊藤老師兩個人面對面，非常地累人。他話一直說個沒完，一堆謬論，未免也太關心我了吧！一面素描一面說話，談得全都是我的事。我連回答也覺得麻煩、討厭。他眞不乾脆。看到他這樣奇怪地笑，明明是老師，卻又表現得害羞怕事、不直爽的樣子，眞讓我瞧不起。說什麼「想起死去的妹妹」，眞讓人受不了。他的人還好，就是動作太多了。

說到動作，因不服輸，自己也做了很多的動作，而且我還很狡猾地故作姿態。實在太裝模作樣了，自己到最後也感到困擾。「擺了那麼多的姿勢，活像個做作的妖怪」我這麼說著，然後又擺了個姿勢，一動也不動。一邊替老師充當模特兒，一邊深深地祈禱自己能「做得自然些、純眞些」。別再讀什麼書了。只有觀念的生活，故作無意義的高傲，眞是讓人輕蔑、輕蔑。你沒有生活目標，實在該對生活變得更爲積極些；老是擺出一副思索、煩惱自我矛盾的樣子，其實一切只是自己太過傷感罷了；只是一味地憐惜自己、安慰自己而已。是你把自己給高估了！啊！我的內心是這樣污穢的我當模特兒，老師的畫一定會落選，應該不會美麗。沒辦法，伊藤老師實在是個笨蛋，連我的內衣上有薔薇花的刺繡圖案都不知道。

沉默地擺著同樣的姿勢，我突然非常想要錢，有十塊錢日幣也好。現在好想讀「居禮夫人[註❸]」，也希望母親能長生不老。當老師的模特兒，眞是辛苦，我已經精疲力盡。

放學後，我和寺廟住持的女兒金子悄悄地去好萊塢剪頭髮。剪好了頭髮，一看，簡直無法接受，我大失所望。怎樣看，都不可愛。好慘。我感到非常頹喪。來到這種地方，偷偷剪了頭髮，覺得自己好像一隻有些骯髒的母雞，現在非常後悔。我們來到這樣的地方，簡直是在自取其辱。

「就這樣去相親如何？」寺廟小姐非常興奮，說了這樣粗魯的話。她彷彿起了錯覺，好像眞的要去相親一樣。

她認眞地問道：「這樣的頭髮該插什麼樣的花？」「穿和服時，該配上哪種腰帶？」眞的是什麼都沒多想的可愛人兒。

「妳要跟誰去相親？」我笑著問。

「有道是王八配綠豆啊！」她清澄地回答。

那是什麼意思？我有些吃驚地聽著。寺廟住持的女兒當然是嫁給管寺廟的人最好，一生都不愁吃。她這樣的回答又讓我大吃一驚。金子似乎完全沒有個性，也因如此，她很像個女孩子。在學校她坐在我旁邊，儘管我和她沒那麼親近，但大家都認爲寺廟小姐是我最好的朋友。她是個可愛的小姑娘，每隔一天寫信給我，常常照顧我，實在非常感謝。可今天她這麼誇張地興奮，眞讓我討厭。

和寺廟小姐分開後，便搭上巴士，不知道爲什麼突然感到很憂鬱。在巴士裡，我看到了一位討厭的女人。她穿著一件髒領襟的和服，亂蓬蓬的頭髮上捲個髮髻，手腳都很髒，還頂著一張男女難辨的紅黑色臉龐。啊！真噁心。那女人有個大肚子，而且還不時詭異地奸笑。母雞！我想到偷偷跑去好萊塢弄頭髮的自己，大概也跟這女人沒什麼兩樣。我想起早上電車上坐我旁邊化著厚妝的太太。啊！好髒、好髒！女人真討厭。正因自己是女人，所以很清楚女人的骯髒，就像晚上磨牙般地令人討厭。那種骯髒，像玩弄金魚後，那布滿全身，怎麼洗都洗不掉的魚腥味，想到自己將這樣日復一日散發著雌性體臭，真希望能在少女時就這麼死亡。突然想生病，如果能患上重病，使得汗水像瀑布般涓涓細流，身體因此變瘦的話，或許就能變得玉潔冰清。或許只要我活著，就怎樣都無法逃離這樣的命運。我漸漸能理解莊嚴的宗教意義。

下了巴士之後，稍喘了口氣。巴士內空氣污濁，直讓人受不了。還是大地比較好，一踏上土地走路，就開始喜歡自己。我的身體變得有些飄飄然，像隻極端快樂的蜻蜓。

回家的田間小路，實在看膩了，我已經不知那是個怎樣寧靜的田莊，眼前只有樹木、道路、田地而已。今天，就讓我試著裝作初來這鄉下的人吧！我是神田附近、一個木屐匠的女兒，出生以來第一次踏上郊外的土地。這鄉下到底看起來像什麼呢？這是個很棒的構想、一個可憐的構想。我換了一個臉，故意誇張地四下張望。走在小併木路時，仰著頭，眺望著新綠枝頭，小聲地「哇！」。過土橋時，窺視著小河川，河水倒映著我的臉，我還模仿狗汪汪叫了幾聲。眺望遠處的田野時，瞇著眼，迎著風，心神盪漾。「眞好！」喃喃地嘆息。我在神社稍作休息。神社的森林很黑，我慌慌張張地站起身，邊說著：「啊！可怕、可怕！」縮著肩，急急忙忙地穿過森林。就在我對森林外面的光亮故作驚訝，覺得萬物都很新奇，心無旁騖地走在鄉下的道路上時，突然覺得好寂寞。最後，我試著輕輕坐在路旁的道路上。一坐在草地上，之前雀躍的心情唰地消失，猛然變得嚴肅起來。安靜地思考最近的自己。爲什麼這陣子自己變得這樣差勁呢？爲什麼老是這樣不安？我一直在害怕著某個東西。

最近有人對我說：「妳愈來愈俗氣了！」也許眞的是這樣，我的確很糟糕、很無趣。「不行、不行。這樣太軟弱、太軟弱了！」我大聲地叫出來。「啐！」我大叫著，「想掩飾自己的軟弱，是不可以的。振作、振作！」也許我在戀愛。

我躺在青草原上試著呼喊：「父親！」父親、父親！晚霞的天空好漂亮，而且暮靄還是粉紅色的。大概是夕陽光溶解滲透於暮靄之中，暮靄才會變成這樣柔軟的粉紅色吧！粉紅色暮靄悠悠地飄流，把我身體團團圍住。髮絲一根根靜靜地閃耀著微弱的粉紅光芒，輕柔碰觸著我。天空也好美麗，我生平第一次想對天空鞠躬。現在開始相信有神明的存在。天空的顏色該算什麼色呢？薔薇？火災？彩虹？天使的羽翼？大佛院？不對，不是這樣。應該要更莊嚴。

「我好愛這世界！」熱淚盈眶地想。注視著天空，天空慢慢改變，漸漸變成了青色。我不停地嘆息，好想褪去自己的衣裳。就在這時候，樹葉、草變得透明，已看不見它們的美麗，我輕輕觸摸草地。好想美麗地活下去。

回到家，發現家裡有客人，母親也在家裡。照慣例，客廳裡又傳來熱鬧的笑聲。只有我和母親兩人時，不管母親的臉上有著怎麼樣的笑意，她就是不會發出聲。可是與客人談話時，就算臉上一點微笑也沒有，她還是會高聲狂笑。打過招呼後，我立刻走到裡面，在井邊洗手，然後脫下鞋洗腳。就在這時，一個魚販走過來說：「久等了，銘謝惠顧。」便把一條大魚放在井邊。是什麼魚？我不知道。不過魚鱗很密，像是北海的魚。把魚移到盤子上後，我清洗雙手，彷彿感覺到北海道夏天的腥臭。我想起前年暑假去北海道姊姊家遊玩的情景。位在苫小牧的姊姊家，因爲靠近海岸的關係，一直有魚腥味。眼前清楚浮起姊姊傍晚一個人在空蕩蕩的廚房裡，用白皙的手熟練地處理魚的樣子。那時候，我不知道爲什麼很黏姊姊，非常愛慕姊姊，可是那陣子姊姊才剛生下小年，沒有多餘的時間顧及我。一想到此，便感覺冷風從空隙陣陣吹來，心中有一種無法再抱住姊姊的細肩，猶如死去般的寂寞心情。站在那個陰暗的廚房一角，我遠遠地憶起姊姊那白皙優雅的手指。過去的事情，往往令人懷念。說到親人，眞是個不可思議的東西，儘管對旁人的記憶會隨著遠離而漸漸遺忘，但對於親人，卻淨是思念與美麗的回憶。

井邊的茱萸果，有些泛紅，也許再過兩週，就可以吃了。去年，很滑稽。傍晚一個人摘著茱萸吃時，恰皮正靜靜地看著我。覺得牠很可憐，便給牠一個茱萸，恰皮馬上把它吃掉。再給了牠兩個，恰皮又吃掉。我覺得很有趣，於是便搖起茱萸樹。當果子啪嗒啪嗒掉下來時，恰皮開始拼命吃茱萸果。笨傢伙！這是頭一隻會吃茱萸的狗。我伸著身子，摘下茱萸吃。恰皮也在底下吃。眞是滑稽！想到那時的事，就非常想念恰皮。

「恰皮！」我叫著。

恰皮從玄關急急跑過來。突然好想咬恰皮，疼愛恰皮，我用力抓住恰皮的尾巴，牠輕輕咬著我的手。一種想哭的衝動襲來，我敲打自己的頭，而恰皮此時正若無其事地喝著井邊的水。

進房間，點起燈。覺得家中某處殘留著若大的空位，渾身不舒服。脫下內衣，換上和服，輕吻著內衣上的薔薇花。坐在鏡台前，對於客廳傳來的哄然笑聲，莫名地感到憤怒。母親和我兩人的時候還好，可是只要有客人來，很奇怪地，她便會與我疏離，對我相當冷淡，像對待陌生人一般。這個時候，我就會很想念父親，覺得很難過。

窺視著鏡子，我的臉竟顯得神采飛揚。這張臉彷彿是別人的，與我的悲傷、痛苦全然無關，各自悠然伸展著。儘管今天沒有化胭紅，臉頰卻顯得紅潤，嘴唇小小泛著紅光，好可愛。脫下眼鏡，我淺淺地笑著。眼睛也很好，清清澄澄的。大概是看了很久美麗夕陽，才變成這樣美麗的眼睛。真棒！

興致勃勃地走到廚房磨米，頓時又感到悲傷。好懷念在小金井的家。心中燃燒起強烈思念。在那個美好的家裡，有父親、姊姊，母親那時也很年輕。每當我從學校回來時，都會和母親、姊姊在廚房或茶室聊些有趣的事。我會吵著要點心，不停向兩人撒嬌。有時我也會和姊姊吵架，被責罵後，便會一個人騎著腳踏車跑到很遠的地方，等到傍晚回來，又再快樂地吃晚飯。那時眞的很快樂。那時的自己一點都沒有人際關係的困擾，可以盡情地撒嬌，眞好。就像在享受什麼大特權，覺得心安理得，沒有擔心、寂寞、也沒有痛苦。父親是個偉大的人，姊姊也很溫柔，我總是依靠著姊姊。

但是隨著慢慢地長大，我開始變得令人討厭，特權也突然消失，光溜溜的身子，好醜好醜。只要想到無法再對人撒嬌，眼前便淨是苦痛。姊姊後來嫁了人，父親也不在人世，只剩下我和母親。母親應該也很寂寞，這一陣子母親說：「以後再也不會有生命的快樂了。看到妳，我眞的一點都不覺得快樂。請原諒我。妳父親不在，幸福也不再降臨。」母親看到蚊子會猛然想到父親、脫衣服也會想到父親、剪指甲時、覺得茶很好喝時，也一定會想到父親。就算我再怎麼體恤母親的感受，陪母親說話，但畢竟還是與父親不同。夫妻之愛是世界最強大的東西，一定比親人的愛還要尊貴。我一個人煞有其事地想到臉頰泛紅，用濕漉漉的手把頭髮綁起來。我咻咻地磨米，發自內心地覺得母親很可愛、惹人憐愛，眞想好好地照顧她。後來我趕緊解開頭髮，覺得頭髮好像變長了。母親從以前就很討厭我留短髮，如果把頭髮留長，好好地紮起來給母親看，她一定會高興的。可是，我不喜歡做那樣的事逗媽媽開心，覺得好討厭。

仔細一想，這陣子我的侷促不安跟母親有很大的關係。我很想作個母親心目中的好女兒，但我又很討厭那樣奇怪地討母親歡心。如果我什麼都不說，母親還是能清楚瞭解我的感受，且感到安心的話，該有多好。不管我多麼任性，也絕不會成爲世人的笑柄，就算覺得辛苦、寂寞，也會好好把握最重要的原則，愛母親、愛這個家。我很愛這個家，如果母親能絕對相信我，悠閒地生活的話，那我就心滿意足了。我一定要變得了不起，要鞠躬盡瘁地工作。現在對我來說，這是我最大的樂趣。儘管將這視爲我人生的道路，但母親完全不信賴我，還一直把我當小孩子。只要我說些孩子氣的話，母親就很高興。這陣子我特地笨手笨腳地拿出四弦琴彈奏給母親聽，母親像打從心底非常高興取笑著：

「唉呀！下雨了嗎？聽起來好像雨滴的聲音。」想到自己認眞彈奏四弦琴的樣子，就覺得好慘，好想哭。母親，我已經長大了呀！世上的事情，我什麼都知道，請放心跟我商量。家裡的經濟雜事，全部向我吐露。在這樣的狀況之下，若有什麼要我幫忙的話，我絕對不會逃跑的。我很堅強。我會當個質樸、勤儉的女兒。眞的！儘管如此，啊！突然想起有首歌叫儘管如此，一個人格格笑了起來。回過神，只見兩手呆滯地提著鍋，像個笨蛋一樣，東想西想。

不行、不行了，得趕快爲客人準備晚餐。剛剛那條大魚該怎麼處置呢？總之先切成三片，抹上味噌吧！這樣吃，一定很美味，做菜絕對要憑直覺。還有些黃瓜，可以用來做三杯醋。接下來是我拿手的煎蛋。然後，再一道菜。

啊，對了！來做洛可可[註4]。這是我自己發明的。把盤子上的火腿、蛋、芹菜、南瓜、白菜、菠菜這些廚房的剩菜全部集合起來，然後再按照顏色搭配，有技巧地並列。這既不麻煩，又很經濟，儘管一點都不可口，但餐桌會被裝飾得熱鬧華麗，看起來一副很奢侈豪華的樣子。蛋的底下有芹菜葉，旁邊火腿作成的紅色珊瑚礁。白菜的黃葉子平鋪在盤子上，既像牡丹花瓣，又像羽毛扇子。綠色菠菜，彷彿是牧場、湖水。把這樣的兩、三個餐盤並列在餐桌上，客人應該會毫不猶豫地想到路易王朝吧！雖然沒那麼好，但既然我沒辦法做出美味的佳餚，至少還能把菜弄得美觀，讓客人目不暇給，騙騙人。料理，外觀是第一要項。我想這樣應沒問題了。不過這個洛可可，還是需要若干繪畫天分。對於色彩搭配，若沒有超乎人一倍的敏感，是會招致失敗的。至少必須具備我這樣的纖細。最近查了一下洛可可這個字，它被定義為只有華麗，內容空洞的裝飾樣式。眞好笑！這眞是個好的回答。美麗之下，還會有什麼內容嗎？純粹的美麗，總是沒意義、無道德的。就是這麼一回事。因此，我喜歡洛可可。

總是這樣，當我做菜，到處嘗味道時，總會莫名地有種虛無感。我疲憊地要死，心情很陰鬱。所有的努力均達到飽和，已經不行了，已經無法達到更好了。突然間，猛然感到厭煩，隨便弄一弄味道、裝飾，把一切搞得亂七八糟後，一臉不高興地端去給客人。

今天的客人特別憂鬱，他們是大森的今井田夫婦和他們七歲的兒子良夫。

雖然今井田先生已年近四十歲，卻像美男子般皮膚白皙，讓人有點討厭。爲什麼他要抽敷島的菸呢？附濾嘴的香菸，不知爲何，就是讓人覺得不太乾淨。香菸，不用帶濾嘴，抽敷島菸，會讓人懷疑此人的人格。他將煙圈一個個吐向天花板，然後說著：喔、喔、原來如此。他現在好像是個夜校老師。

他的妻子，個頭很小，看起來唯唯諾諾，有些粗俗。就算沒什麼事，也會像笑岔氣似地弓起身體，整個人趴在塌塌米上。有什麼好笑的事嗎？那樣誇張地趴著大笑，不禁讓人懷疑有什麼高尚之處。在現今世上，這類階級的人們大概就是最壞、最卑鄙的吧！這就是所謂的小資產階級[註5]、小公務員。

連小孩也在賣弄著無聊的小聰明，一點都不純眞。雖然這麼想，我還是壓抑著所有的情緒，鞠躬、笑、說話、摸著良夫的頭說：「好可愛、好可愛！」這全都是欺騙大家的謊言，說不定今井田夫婦，還比我來得純眞呢！大家吃著我做的洛可可，稱讚我的手藝，就算覺得寂寞、生氣、想哭，還是得努力裝出高興的笑臉給他們看。終於我也可以坐下和大家一起吃飯了，但今井田太太聒噪無知的致謝卻讓我覺得好噁心。好！我不要再說謊了。「這菜一點都不好吃，只是黔驢之計罷了！」儘管我說出這樣的事實，但是今井田夫婦卻仍拍著手大笑：「黔驢之計，說的眞好啊！」我覺得好不甘心，眞想摔出碗和筷子，大聲痛哭。

看到我一直忍耐強裝歡笑，母親也說：「這孩子愈來愈幫得上忙了！」母親！妳明明瞭解我難過的心情，卻爲了迎合今井田先生而說出這種話，呵呵笑著。母親！實在不用那樣討好今井田這種人。面對客人時的母親，不是我母親，她只是個弱女子。雖然父親已經不在了，但我們需要那麼謙卑嗎？一想到這裡就好難爲情，什麼話都說不出來。回去！回去！我父親是個優秀的人，爲人體貼且人格高尙，若是因爲我父親不在，就這麼看不起我們的話，現在馬上回去！我很想對今井田這麼說，但我還是軟弱地替他們服務，爲良夫切火腿、幫今井田太太夾醬菜。

吃完飯後，我立刻躲進廚房，開始收拾，好想一個人獨處。雖說用不著擺架子，但也沒必要勉強地去迎合那樣的人，和他們一起嘻笑啊！對那樣的人禮貌，不不，連奉承都是絕對不需要的。討厭！再也討厭不過了！不過，我還是盡可能努力了。想到母親，她不也對我今天忍著不耐，親切服務的態度感到高興嗎？那樣就夠了。

不過，到底是強硬地清楚區隔交際是交際、自己是自己，明確地對應事情、處理事物比較好呢？還是就算被人惡言相向，也絕不失去自我、隱藏本意比較好呢？我不知道哪個才對。好羨慕一些人可以終其一生地活在和我一樣軟弱、體貼、溫和的人群中。什麼辛苦都不用遭受，就可以毫不費力地過完一生，也不用刻意去追求任何東西。這樣，眞好。

儘管壓抑自己的情緒，爲別人服務沒有錯，但如果以後每天都要像剛才那樣勉強自己去陪笑、附和今井田夫婦那種人的話，我可能會因此發瘋。我突然想到，像我這種人是絕對不能夠進監獄的。非但監獄，連女服務生也當不成。我也不能當人家的妻子。不，當妻子就不同了。如果已經徹底決定、覺悟要爲這人辛苦一輩子的話，不管多辛苦地工作，就算皮膚曬得黝黑，也能充分感受到生存的價値、生活的希望。即便是我，也能做到完美。這是理所當然的事。我會從早到晚，像隻小白鼠般，不停地爲他工作。我會努力地搓洗衣物，就像累積了很多的髒衣物般，再也不會有什麼不愉快的事。因爲我整個人會變得焦躁不安、像歇斯底里般，怎樣都靜不下來，就算死也不瞑目，除非把所有髒衣物，一件不留地清洗乾淨、晾到衣架上後，才可以安然離去。

今井田先生要回去了。好像有什麼事，母親也跟著一起出去。母親還是應聲連連地跟出去。今井田凡事都利用母親，雖說只有這次沒有，但我實在好討厭好討厭今井田夫婦的厚顏無恥，好想一拳打過去。將大家送至門口後，我一個人茫然地望著薄暮時的道路，此時突然好想哭。

信箱中有晚報和兩封信。一封是給母親的，是松阪屋所寄來的夏季大拍賣的傳單。另一封是順二表哥寄給我的。

上面簡單地寫著他這次要調到前橋的軍隊，並向母親問好。即便是軍官，也不能期待生活輕鬆，但我好羨慕那種每天嚴格、緊湊、規律的生活。我想，身體一直保持在井然有序的狀態下，心情應該會變得較輕鬆吧？像我這樣，什麼事都不想做就什麼都不做，幹些什麼壞事也無所謂，想要讀書時又有無限的時間可以讀書，說到慾望，又有很多希望想要實現。如果能給我一個侷限的努力範圍的話，不知道會對我的心情有什麼樣的幫助。狠狠地把我綁住，我反而會覺得感謝。

在戰地工作的軍人，他們的願望只有一個，就是睡個好覺，不管哪本書，都是這麼寫的。不過，在我對士兵的辛苦感到同情之餘，卻也非常地羨慕他們。從厭煩的、瑣碎的洪水中抽離，只渴望著想睡、想睡的狀態，實際上是相當乾淨、單純的。光是想，就有種爽快的感覺。像我這樣的人，如果能被丟到軍隊生活好好地被鍛鍊一番的話，說不定會變成一個有話直說的可愛女孩。儘管如此，就算沒有在軍隊生活過，但世上還是有像小新這樣直率的人。

我實在是個糟糕的女孩、壞孩子。小新是順二表哥的弟弟，雖說與我同齡，卻是一個非常乖巧的孩子。在親戚中，不，在世界上，我最喜歡小新。小新，他眼睛看不見。想到他年紀輕輕卻失明，不知道那是種什麼樣的感覺。在這樣寂靜的夜晚，他一個人待在房間裡，又會是一種怎樣的心情呢？

如果我們感到寂寞，可以讀讀書、看夜景，多少可以打發一些時間，但小新卻沒有辦法這麼做。他只能沉默。他一直比別人多花一倍的努力讀書，在網球、游泳方面也非常拿手。可是他當下的寂寞、痛苦又是個怎樣的情形呢？昨晚，想到小新的事，上床後我便試著闔上眼睛五分鐘。即使是躺在床上閉著眼睛，也覺得五分鐘很長，感到胸口鬱悶。可是小新不論白天、晚上、幾天、幾個月，他什麼也看不到。如果他能發發牢騷、耍耍脾氣、使使性子的話，我還會覺得比較高興，可小新他什麼都沒說。我從沒聽過小新他發牢騷或對人惡言相向，不但如此，他還總是語帶開朗，一副天真無邪的樣子。那樣更加地揪住我的心。

我邊胡思亂想邊打掃著客廳，然後燒洗澡水。在等洗澡水時，我坐在橘子箱上，點著微弱的石炭燈，把學校作業做完。由於洗澡水還沒滾，我便把濹東綺譚[註6]重新讀一遍。書上寫的事實絕不是什麼噁心、骯髒的事，不過到處可見作者的裝腔作勢，讓人有種老套、不可靠之感。也許是作者上了年紀的關係吧！但是，國外的作家，不管年紀有多大，還是會更大膽地撒嬌、愛著對方。他們這樣子，反而不會讓人有討厭的感覺。這部作品，在日本應該算是本好書吧！從作品底下可以深深地感受到眞誠、淡泊，有種清爽的感覺，算是這位作家最成熟的一部作品，我很喜歡。我覺得這位作者是個責任感很強的人，由於他非常地拘泥於日本的道德，因此反而故意表現出反抗，創作了許多令人忐忑不安的作品。這是情到深處者常會有的誇大表現，刻意地帶上強烈的面具，結果反而使作品的個性轉弱。不過，在這本濹東綺譚中有著寂寞的堅強，我很喜歡。

洗澡水開了。點亮浴室的燈，脫去衣服，將窗戶全部打開後，我靜靜地泡在澡盆裡。我試著透過窗戶窺視著珊瑚樹的綠葉，一片片的葉子，此刻因電燈的光線，正強烈地閃耀著。天上的星星閃閃發光。不管看了幾次，都是閃閃發光。儘管我抬著頭發呆，故意不去注意自己微微發白的軀體，但還是能恍惚地感覺到它確實存在於視線內的某隅。一沉默下來，逐漸發現它與小時候的白不相同，眞教我難以自容。肉體不理會自己的情緒，一個人自行成長，眞是好難受，教我不知該如何是好。對於迅速成爲大人的自己，我卻什麼也不能做，令人難過。除了聽其自然，直盯著自己變成大人外，似乎已別無他法了。好希望身體能一直都像個人偶。

我試著學孩子那樣將熱水攪得嘩啦嘩啦地響，但心情還是備覺沉重。漸漸地感覺到今後已沒有活下去的理由，好痛苦。庭院對面的空地上，傳來小孩哭喊的叫聲：「姊姊！」我胸口一緊。雖然不是在叫我，但我卻很羨慕那個被孩子所哭喚、依戀的「姊姊」。如果我有個會依賴、撒嬌的弟弟，只要有一個的話，我就不會每天過著這種不像樣、徬徨的生活。我會幹勁十足地生活下去，然後一生盡我全力寵愛著弟弟。不管再怎麼艱苦，我都能忍受。我用力地想著，然後深深地覺得自己很可憐。

從澡盆站起身，不知爲何，今晚特別想看星星。試著走到庭院，星星，好像要掉下來的樣子。啊！夏天快到了。青蛙在到處鳴叫，小麥也沙沙作響，不管抬頭看幾次，星星總是閃耀著。去年，不，不是去年，已經是前年了。當我吵著要去散步時，儘管父親人在生病，他也依然跟我一起出去散步。一直都很年輕的父親，他教我德語「你到一百、我到九十九」的小曲、告訴我星星的故事、即興吟詩給我聽、撐著手杖，噗噗地吐著口水，眨著眼跟我一起散步。眞是個好父親！我默默地仰頭看著星星，鮮明地憶起父親的事情。從那之後，過了一年、二年，我漸漸變成了壞女孩，有很多很多屬於自己的祕密。

回到房間，我托著腮坐在桌前看著桌上的百合。好香！一聞到百合的香氣，就算一個人倍覺無聊，也不會有骯髒的情緒。這朵百合是昨天傍晚散步到車站時在回家的路上向花店買來的。之後，我的房間像變了個樣似地清爽許多，一拉開紙門，馬上就感受到百合的香味。我不知道這會有什麼樣的幫助，但這樣一直看著它，不管是在精神上還是肉體上，我都覺得自己比所羅門王[註7]還來得奢侈。

我突然想起去年夏天的山形。爬山的時候，在山崖腰處，我看到一大片百合怒放著，內心大吃一驚，渾然忘我。但礙於山崖陡峭，怎樣都無法攀登上去，就算自己再怎麼地被吸引，也只能靜靜地看著它們。就在那時，附近一位不認識的礦工，他默默地爬上山崖，唰！摘來兩手都抱不了的一大把百合花，然後，面無表情地將那些百合交給我。光那些，就非常非常多。不論是在多豪華的舞台還是在結婚典禮上，應該都沒有人會擁有這麼多的花。所謂因花朵而眩目，那時我第一次體會到。當我兩隻手張開抱著那些純白、大把大把的花束時，我完全看不到前面。那位親切，讓我非常感動的年輕礦工，現在不知道怎麼樣了?雖然只有這樣的機緣，但每當我看到百合時，一定會想起那位替我到危險的地方摘花的礦工。

打開桌子抽屜，翻了翻裡面，我看到了去年夏天的扇子。白紙上有位元祿時代的女人放浪地隨便坐著，在那旁邊，有兩行用青色酸漿所提寫的字。去年夏天，就像煙霧般，從這把扇子冒出來。山行的生活、火車內、浴衣、西瓜、河川、蟬、風鈴。剎那間，我好想帶著扇子去搭火車。試著將扇子打開，感覺上還不錯。啪啦啪啦，扇骨鬆開，扇子突然變得很輕。就在我東玩玩西摸摸時，母親好像回來了。她的心情好像不錯。

「啊！累死了！累死了！」雖然母親這麼說，但臉上沒有絲毫的不高興。誰教她喜歡幫別人做事，這也是沒辦法的。

「眞是一言難盡！」她邊說著邊更換衣服，然後進去洗澡。

母親洗完澡後，我們兩人喝著茶，奇怪地嘻嘻笑著。母親像是想到什麼似地說：

「妳前些日子不是說想看『裸足的少女』嗎？如果那麼想去的話，就去看吧！不過，妳今晚得幫我按摩一下肩膀。工作完再去，會更快樂吧！」

我高興得不得了。我一直都很想去看「裸足的少女」這部電影，但因爲這陣子我都一直在玩，心中便有所顧忌。母親發現了這點，於是就故意吩咐我做事，好讓我能大搖大擺地去看電影。眞的好高興！好喜歡母親，想到這兒，我禁不住笑了出來。

好像很久沒有和母親兩人這樣地度過夜晚了。母親的應酬實在太多，母親應該也是不想被人小覷，所以才一直這麼努力的吧！母親的辛勞彷彿傳到我的身體，我非常瞭解母親的疲憊。要好好保重啊！剛剛今井田來時，我還偷偷恨著母親，眞是丟臉。我嘴裡小聲地說著：「對不起！」我總是只考慮到自己的事，對母親一直採取著嬌縱、不講理的態度。

每次母親不知道有多麼痛苦，而我總是這麼強硬地拒絕她。自從父親過世後，母親眞的變得很柔弱。有時我會自己說：「好苦！受不了！」然後整個人摟住母親，但一旦母親稍微靠在我身上時，卻又覺得討厭，好像看到什麼髒東西一樣。我眞是太任性了。母親也好，我也好，我們同樣都是弱女子。從現在起，我要滿足於只有兩人的生活，隨時爲母親著想，和她聊聊以前的事、父親的事，即使一天也好，我也要過著以母親爲中心的日子，好好地感受生存的價値。雖然我總是將母親放在心上，去關心她、想作個好女兒，但在行動上、言語上，我卻一直是個任性的孩子。而且，這陣子的我，像個孩子似的，連個可愛之處也沒有，淨是骯髒、羞恥。

所謂的痛苦、煩惱、寂寞、悲傷，這些究竟是什麼樣的東西？具體而言，就是死。儘管我很清楚地知道現在這種感受，但要用一個字表現時，我還是無法說出一個類似的名詞或形容詞。就是感到忐忑不安，到最後，突然清醒，爲之丕變。以前的女人，就算被罵說是奴隸、沒有自我的螻蟻之輩、人偶，但比起現在的我，她們還是非常具有女人天性，且心中寬裕，有著逆來順受、坦然應對的睿智，她們知道純粹犧牲自己的美，以及無報酬、全然奉獻的快樂。

「啊！好個按摩師！眞是天才啊！」母親又在戲弄我了。

「是嗎？因爲我很用心地在做啊！不過，我的厲害之處不只在於腰部上下的按摩喔。只有那樣，就太沒用了，我還有更厲害的地方喔！」

我試著直率地想到什麼就說什麼。這些話爽朗地在耳畔響起，這兩、三年來，我已經不再這麼天眞、乾脆地說話了。在一番自我頓悟、釋放之後，說不定會有平靜的新自我產生出來，我高興地想著。

今晚爲了種種原因要向母親道謝，在按摩完後，我順便爲她念了點庫爾[註8]的小說。母親知道我在唸這本書後，臉上露出總算安心的表情。前幾天在我唸《喀什爾的旋花》[註9]時，她輕輕地從我這兒拿起書，看了一下封面後，臉色便顯得相當凝重。不過她什麼也沒說，沉默地將書原封不動地還給我。當時我不太高興也就沒有再繼續閱讀下去的心情。母親應該沒看過旋花這本書，但感覺上她好像知道裡面的內容。

在寂靜的夜晚，我一個人發出聲音唸著庫爾的小說，當自己的聲音非常大聲時，旁邊還會有回音縈繞。唸著唸著，有時感到無聊時，便會對母親覺得很不好意思。由於四周非常安靜，使得我的愚蠢變得更加明顯。不管何時閱讀庫爾的書，小時候所受到的感動，還是依然讓我心情激動。想到自己的心還是天眞、美麗的，那種感覺眞好。不過唸出聲和用眼睛看實在有著不同的感覺，在驚訝之餘，便止住了口。然而，母親卻在聽到安利可以及加洛恩的地方時，開始俯首哭泣。我母親也跟安利可的母親一樣，是個優秀美麗的母親。

後來母親先行休息。因爲一大早出門的緣故，她顯得相當疲累。我替她鋪著被褥，並啪躂啪躂地輕拍被褥的尾端。母親總是一上床就闔起眼睛。

接著我到浴室洗衣服。最近我有個怪癖，總是習慣在近十二點時才開始洗衣服。白天洗得嘩啦嘩啦的，總覺得浪費了時間，很可惜。不過，這也許正好相反也說不定。透過窗戶可以看到月亮。我蹲坐著，一邊洗著衣服，一邊偷偷地笑著月亮。月亮，一臉無知的樣子。

我突然想到，在這相同的一瞬間，也許在某個地方也有可憐、寂寞的女孩，同樣地邊洗著衣服邊偷偷地笑著這月亮。我相信她的確是在笑，她是位在遙遠的鄉下山頂上，於深夜靜靜地在後門洗滌衣服的痛苦小女孩。然後，在巴黎小巷的某間雜亂公寓的走廊上，也有一位和我同年的女孩正一個人悄悄地洗著衣服笑著這個月亮。我一點都不感到懷疑，就像眞的從望遠鏡內看到一樣，色彩清楚鮮明地浮現在眼前。誰都不知道我們的苦惱，如果我們現在立刻變成大人的話，我們的苦惱、寂寞說不定就會變得很可笑，一切只能追憶。可是，在成爲大人前，該如何度過這段漫長討厭的時期呢？誰都無法告訴我們。似乎只能置之不理，就像出麻疹一樣。可是，也有人因麻疹而死、因麻疹而失明，如此放任不管是不對的。

儘管我們每天這樣悶悶不樂，動不動就生氣，但在這期間，因失足墮落造成無法挽回的遺憾，就此斷送一生的卻大有人在。甚至還有人心一橫就自殺了。等到悲劇釀成之後，世上的人們就會很惋惜地說：「啊！如果再活久一點就會瞭解了，再更成熟一點，自然就會知道了！」然而就當事者的立場來看，我們可是好痛苦、好痛苦地熬到那個時候。我們拼命地努力側耳傾聽，試圖從這世上獲取某些東西，反覆地記取不痛不癢的教訓，唉、唉地自我安慰，但我們就是常犯著可恥的過錯。我們絕不是享樂主義者，若遙指著那遙遠的山峰，說著走到那邊會有好風景的話，我們一定會照著去做，我們知道那絕不是謊言。可是此刻我們的肚子卻是非常地劇痛，對於腹痛，你就算看到也會裝作視而不見，然後告訴我們：「喂喂，再忍耐一下，能爬上山頂的話，就會好了。」一定是有人搞錯了，最壞的是你。

洗完衣服，將浴室掃一掃，我悄悄地拉開房間的紙門。一拉開門就聞到百合的香味，好清爽，連內心深處都變得透明，有種崇高的虛無感，眞是一個好裝飾。當我靜靜地換上睡衣時，睡得香甜的母親突然閉著眼睛說起話來，我嚇了一跳。母親時常會做出這樣的事讓我感到訝異。

「聽到妳說想要雙夏天的鞋子，今天到涉谷時，我就順便看了一下。鞋子好貴喔！」

「沒關係啦！我沒那麼想要。」

「可是，沒有的話，會很煩惱吧！」

「嗯！」

明天，又是同樣的一天。幸福，這一生都將不會來吧！這我明白。不過，還是願意相信它一定會來，明天就會來，我要帶著這個信念入睡。我故意大聲地躺在棉被上。啊！眞舒服。因爲棉被冷，所以背部感到一陣寒意。我突然感到一陣恍惚，朦朧地想起「幸福遲了一夜才來」這句話。等待著幸福，後來終於按捺不住地跑出家門。隔天，美好的幸福訊息終於來到這個已被捨棄的家中。已經太遲了！幸福遲了一夜才來。幸福是……

庭院中傳來卡兒的腳步聲，啪躂、啪躂、啪躂、啪躂。卡兒的腳步聲是有特徵的，由於牠的右前腳比較短，前腳是呈O型的螃蟹狀，因此腳步聲中總帶有些許的寂寞。牠常在這樣的深夜徘徊在庭院之中，究竟是在做什麼呢？卡兒眞可憐。雖然今天早上捉弄了牠，但明天我會好好疼愛牠的。

動。

我有個悲傷的毛病，若不將雙手緊緊地蓋在臉上，我會睡不著。我蓋著臉，一動也不動。

快要睡著時的心情，是很奇怪的，就像鯽魚、鰻魚用力拉扯釣線般，總覺得有一股很重，像鉛一樣的力量透過釣線在拉扯著我的頭。一用力拉，我就迷迷糊糊地睡去，稍稍放鬆線，我又突然回復起精神。再用力拉，我又迷糊睡去。然後再放一些線。重複個三、四次之後，開始被大力拉起，然後一覺到天亮。

晚安！我是一個沒有王子的灰姑娘。明天，我會在東京的哪裡呢？您知道嗎？我們將不會再見面。

註❶：近衛文麻呂由貴族院議長擔任首相。推動東亞新秩序建設、新體制運動。戰後因被指爲戰犯而自殺。

註❷：實業家。之後進入政治界，接管田中內閣，任政友會總裁。昭和二十五年解散政友會。

註❸：由居禮夫人的次女愛娃・居禮所著。

註❹：洛可可（rococo）是一種裝飾美術。流行於法國路易十五世紀，以曲線爲主要花紋。這指料理的外觀。

註❺：小市民階級。

註❻：永井荷風的代表作。描述一位住在向島玉井露地村的娼婦，有別於一般日常生活的特殊人情、風俗。

註❼：大衛王的兒子。將伊斯拉魯國帶到最盛期。他營造了附有宮殿的神殿，實行行政改革、擴大貿易，締造出譽爲「所羅門繁華」的黃金時代。

註❽：少年少女小說。愛德蒙・亞米西斯（Edmondo de Amicis）的作品。一八八六年出版。在日本以「愛的學校」爲書名，廣受大眾所熟知。

註❾：喀什爾的旋花，喬瑟夫・凱薩魯（Joseph Kessel）是法國的作家。「旋花」是在描寫女性內心深處的肉慾與理智的糾葛。

BEST OF LITERATURE

千代女

女人畢竟還是不行的。

女人之中，也許只有我這個女人是不行的。著實地覺得自己很沒用。儘管這麼說，但在內心某個角落裡，我還是期待自己能有某個長處。我可以感覺到這份頑固，紮實地盤據在我心頭，弄得我愈來愈不知所措。我覺得現在頭上彷彿頂了一個生鏽的鍋子，非常地沉重，怎樣都甩不掉。一定是我腦筋不好，眞的是腦筋不好。明年就要十九歲了，我已經不再是個孩子。

十二歲時，柏木舅父把我的文章投稿到「青鳥」，結果得了一等獎，被了不起的審稿老師幾近可怕地褒獎，但從那之後就變得一蹶不振。那時候的文章，眞是丟臉。那樣子，眞的是好嗎？到底哪裡好？文章的題目是「跑腿」，但我只寫了一點點關於替父親跑腿去買香菸的事。我從菸草店的伯母那邊拿了五盒香菸，由於全是綠色，感覺起來很冷清，我便退還一盒，想要換個紅色香菸盒，可惜錢不夠，眞傷腦筋。後來伯母笑著說：「下次再付。」讓我感到非常高興。

綠色盒子上疊著一個紅色盒子，放在我的手掌上，就像櫻草般美麗。我的內心波濤洶湧，幾乎寸步難行。寫了這樣的事情，感覺很孩子氣，非常地嬌縱，現在我每回想起，都還會侷促不安。在那篇文章之後，我又因柏木舅父的鼓勵，再次投稿了一篇「春日町」的文章。這次，不是登載於投書欄上，而是用大字體被刊載在雜誌的首頁上。「春日町」的文章是說池袋的叔母搬到練馬的春日町，庭院寬廣，要我一定要到那邊玩，我便在六月的第一個星期日試著搭車前往。我從駒込車站，搭著省線，然後在池袋車站換搭東上線，在練馬車站下車。因眼前一望無際的田地，我不知道春日町是在哪一邊，向田裡的人打聽，也沒人知道那地方，我害怕地想哭。

那是個炎熱的一天。最後，我試著詢問一位拖著滿載汽水空瓶的拉車，年約四十左右的男人，他寂寞地笑著，停下來，用灰黑污穢的毛巾擦拭著涔涔汗水的臉頰，喃喃唸著春日町、春日町地思考了一會說：「春日町非常地遠。可以從練馬車站搭東上線往池袋，到那邊再換搭省線到新宿，然後搭往東京的省線，於水道橋下車。」他用不流暢的日語，努力地爲我說明這是非常遙遠的路程，他強調說：「不管怎樣，那才是到達本鄉春日町的路徑。」聽到他的話，我馬上就知道他是朝鮮人。因此，我胸中更是滿懷感激。即使日本人知道，爲了怕麻煩，都會推說不知道，可是這位朝鮮人，雖然不知道，但還是努力冒著涔涔汗水，拼命地向我解說著。我對叔叔說了聲「謝謝」後，便照著叔叔所教我的，往練馬車站，然後搭東上線，回到家。

我覺得好像眞的到本鄉的春日町。回到家之後，不知道爲什麼，我突然覺得很悲傷，身體很不舒服，我便把那件事很誠實地寫了出來。之後那篇文章被以大字體刊登在雜誌的第一頁上，變成了不得的事。

我家是位在瀧野川的中里町，父親是東京人，母親則出生於伊勢。父親在私立大學擔任英語老師。我沒有哥哥、姊姊，只有個身體虛弱的弟弟，今年就讀於市立中學。我不討厭我的家庭，只是覺得很寂寞。以前家人的感情很好，眞的很好。我會對父母親盡情地撒嬌，說些好笑的事情，逗大家開心，也會對弟弟很溫柔，當個好姊姊。但自從那篇文章被刊載在「青鳥」上後，我就突然變得很膽小，成了討人厭的孩子，甚至還會與母親爭執。

「春日町」刊載於雜誌上時，該雜誌的審稿者岩見老師寫了多出我文章兩、三倍的讀後感，我看了之後，心情變得很落寞。我想老師在騙我，岩見老師應該是一個比我更心地善良、單純的人。

之後，在學校導師澤田老師的作文課時，拿了那本雜誌到教室，將我的「春日町」全文抄在黑板上，興奮地用怒斥般的聲音誇獎我一個小時。我覺得呼吸困難，眼前一片朦朧黑暗，有一種自己身體好像要變成石頭那樣恐怖的感覺。儘管被這樣地讚美，可是我知道那並沒有什麼價值。如果以後寫了差勁的文章，被大家恥笑，那會有多丟臉、多痛苦啊！我一直擔心著那樣的事，連活下去的心情都沒有。

說到澤田老師，他其實並不是對我的文章感動，而是因爲我的文章被以大字體刊登在雜誌上，受到有名的岩見老師誇獎，他才表現得那麼興奮的。我幼小的心靈大概可以察覺到老師這種心情，只是這樣更讓我感到落寞、受不了。我的擔心之後全變成了事實，終於發生了滿是痛苦、羞恥的事。

學校的朋友突然跟我變得很生疏，連之前我最好的朋友安藤也壞心眼地用嘲笑的口吻叫我一葉小姐、紫式部小姐。她突然從我這邊逃開，加入以前很討厭的奈良、今井所組成的圈子，遠遠地瞧著我竊竊私語，然後一起哇地叫著，發出低俗的嘲笑聲。

那時我便決定一生都不要再寫文章，不再因柏木舅父煽動，迷迷糊糊地投稿。柏木舅父是母親的弟弟，在淀橋的區公所工作，今年好像三十四歲還是三十五歲的樣子。儘管去年才生了小寶寶，但他還是像年輕人那樣，常常因喝了太多酒，被老闆解雇。每次他來，好像都會從母親那邊拿一些錢回去。

舅父讀大學時，曾經努力要當個小說家，那時也頗受前輩們期待，可是後來因爲交了壞朋友，就沒有繼續下去，大學也讀了一半就退學。這些是從母親那邊聽來的事。他好像閱讀了很多日本小說、外國小說的樣子。七年前，將我差勁的文章胡亂投稿到「青鳥」的就是這個舅父。

此後的七年，一有什麼事就找我麻煩的也是這個舅父。我那時很討厭小說，儘管現在已有些改變，但是礙於當時因我糟糕的文章連續兩次被刊登在雜誌上，害我被朋友欺負、受到導師特殊待遇、心情沉重痛苦、非常討厭寫作。

往後不管柏木舅父再怎樣有技巧地煽動我，也絕不投稿。若被過分囉唆勸說，我還會大聲地哭泣。在學校的作文課，我也是一字一句都不寫，只在作文本上畫著圓形、三角形的娃娃臉。爲此，澤田老師還把我叫到教師辦公室，斥責我說：「不要驕傲，請自重。」我覺得很後悔。不過沒多久我就從小學畢業，終於從那樣的痛苦中逃離出來。

在我進了御茶水女校後，班上並沒有任何人知道我寫過無趣文章得獎這件事，總算鬆了一口氣。作文課時，我很輕鬆地寫著作文，也獲得了普通的得分。只有柏木舅父一直囉唆地嘲弄我。每次來家裡時，都會帶來三、四本小說，要我去讀讀。這些書對我來說太難了，讀了也看不太懂，我隨便翻閱瀏覽後，便還給了舅父。

當我讀到女校三年級時，突然看到「青鳥」的審稿者岩見老師寫給父親的長信，裡面說什麼覺得我有難得的才能，又什麼很難爲情，無法好好地對我說出口。他極度褒獎我，然後用一些不符合自己身分的客氣言辭，認眞地說，這樣被埋沒是很可惜的。請再讓我多寫些文章，他會幫我安排發表的雜誌。父親默默地把那封信交給我。我讀了那封信，覺得岩見老師眞是個嚴肅的好老師，然而，從信的內容，可以清楚知道，這一切都是舅父多管閒事。舅父一定花了很多工夫去接近岩見老師，然後用了很多的計謀，請他對父親寫了這樣一封信。一定是這樣的。「是舅父拜託的，一定是這樣。舅父爲什麼要做出這樣可怕的事呢？」我以想哭的心情，抬頭望著父親，父親也一副了然於心的樣子，微微地點著頭，不高興地說：「柏木弟應該不是故意這樣的。不過，要我去跟岩見老師打聲招呼，眞是傷腦筋。」

父親之前好像就不太喜歡柏木舅父。我的文章獲選時，母親和舅父都非常高興，可是父親卻斥責舅父，說什麼不要讓我做這類刺激性強的事情。母親之後不太高興地這麼告訴我，雖然母親老是數落舅父的事，但每次父親只要一說舅父的壞話，母親就會顯得非常生氣。母親是位溫柔、活潑的好人，可是只要提到舅父的事，就會常常為此和父親起爭執。舅父是我們家的惡魔。在收到岩見老師那封客氣信的兩、三天之後，父親與母親終於起了很大的爭執。晚飯時，父親說：

「岩見老師這麼有誠意地跟我們說明，爲了不要太失禮，我得帶著和子去道歉，清楚地表明和子的心情。若只因一封信而橫生誤會，讓對方不高興就麻煩了。」

母親垂著眼簾，想了一會兒說：「這是弟弟的不對，眞的是給大家惹了麻煩。」她抬起臉，隨意地用手撥弄著垂下的髮絲，繼續接著說：

「不過，我們是笨蛋嗎？和子被那麼有名的老師褒獎，不是應該要有之後請您多多照顧的心情才對！可以發展的話，就應該要努力盡量發展。但老聽到你在責備，未免也太固執了些！」母親很快地說完這番話，然後淡淡地笑著。

此時，父親停下筷子，以教訓的口吻說道：

「說試著發展看看，到頭來一定會什麼都不是。什麼女子的文才，根本就是不知天高地厚。這是因爲一時的特別而引起的騷動，最後只會把一生弄得亂七八糟。和子她也覺得很害怕。女孩子平凡地嫁人、當個好母親就是最好的生活方式。妳們是在利用和子來滿足自己龐大的虛榮心和功名心。」

母親完全不理會父親說的話，她突然伸長著手，把我旁邊的炭爐鍋拿下來，說著「唉呀！」用右手的拇指和食指壓著嘴唇，面向旁邊地說：「啊！好燙、燙到了。不過，說到弟弟，他也不是什麼惡意的。」父親這次把碗和筷子放下，大聲地說道：「要說幾次妳才明白。妳們打算把和子給吃掉嗎？」他用左手輕壓住眼鏡，準備再繼續說什麼時，母親突然哭了出來。

她邊用圍裙擦拭著淚水，邊提到父親薪水以及我們衣服費用的事，把很多關於錢的事都非常露骨地說出來。看到父親抬起下顎，做出要我和弟弟到旁邊的暗示，我便催促著弟弟，帶他上去讀書間。可是才走到茶室，就聽到之後持續了一個小時左右的爭吵。母親平常是個非常簡單、爽快的人，只是心情一激動，就會說出一些讓人聽不下去，極端荒唐的話，讓我感到非常難過。翌日，聽說父親已經從學校回來的路上，去岩見老師那邊向他答謝與致歉了。早上父親本來是要我一起去的，可是我莫名地感到害怕，下唇不停地顫抖，完全沒有拜訪岩見老師的心情。父親那天晚上七點左右才回來，他對母親跟我說，岩見老師雖然還很年輕，卻是個相當出色的人。他也很瞭解父親的心情，反而主動向父親致歉，表示若自己有女兒的話，也不會要她走文學的路。他沒有清楚說出名字，不過應該是受到柏木舅父再三拜託，最後沒辦法才寫信給父親的。我抓住父親的手，父親在眼鏡背後，悄悄地瞇著眼睛對我微笑。母親像是什麼都忘記般，以一副沉穩的態度，頻頻地對父親的話點頭，再也沒有多說什麼。

從此之後有一段時間再也沒有看到舅父。就算來到家中，也對我異常地冷淡，很快就回去了。我已完全忘記寫作的事，從學校回來之後，整理花圃、出去跑腿買東西、幫忙做菜、當弟弟的家庭老師、縫紉、準備功課、替母親按摩、很忙碌地幫著大家，過著幹勁十足的每一天。

可是，暴風終於還是來臨。我讀女校四年級時的事情。一月時，小學的澤田老師突然來家裡拜年，父母親覺得很難得，也很懷念，高興地招待澤田老師。澤田老師提到自己很早就辭去了小學的工作，目前擔任各地的家庭老師，很悠閒地過活。不過，就我的感覺，不好意思，我覺得他看起來不像是很悠閒的樣子。儘管他與柏木舅父差不多年紀，卻讓人覺得他像個年過四十歲，不，接近五十歲的人。以前澤田老師就是個很顯老態的人，四、五年沒見，他更像是老了二十多歲，一副非常操勞的樣子。他笑起來顯得很無力，像是在強顏歡笑，臉頰上交疊著痛苦、堅硬的皺紋，與其說可憐，應該說更教人覺得討厭。他的頭依然保持短短的平頭，但冒出很多白髮，有別於過去，他一直繞著我的話題打轉，使得我不知該如何是好，覺得很痛苦。他誇獎我很有才能、很優秀，淨說些一聽就看透的客套辭令，好像我是老師的長輩一樣，愚蠢地客氣待我。他又對父母親不識相地拉拉雜雜地提到我小學時代的事，扯出我已經完全忘掉的那篇文章的事。囉唆地說著：「那眞是難得的才能。那個時候我對兒童文章不太關心，不知道那種可以藉著作文來提伸兒童心智的教育方法，不過現在已經不同。我對兒童的作文，已經有了充分研究，對於這種教育方法也有了相當的自信，怎樣？和子，要不要在我的新指導下，再開始學習寫作呢？我一定喝太多了，竟然講出這樣誇張的事。唉！還是讓我們握個手吧！」父母親雖然笑著，但心裡卻一副什麼都不想多說的樣子。不過，當時澤田老師的醉話並不只是隨口說說的玩笑話，過了十天左右，他竟煞有其事地到家中對我說：「讓我們開始進行一些作文的基本練習吧！」使我一時間不知所措。

後來我才知道，澤田老師在小學裡，因爲學生考試讀書的事發生問題而被學校解雇。爲維持生計，只好拜訪以前所教過的孩子家，勉強地以家庭老師的型態，繼續謀生。新年時他來到家中，之後好像就偷偷寫了封信給母親，對我的文才讚不絕口，又舉出當時文章的流行、天才少女的出現等例子，煽動母親。母親從以前就對我的文筆感到可惜，於是便回應澤田老師，請他當一星期一次的家庭教師，然後告訴父親說：「這樣也至少可以幫助澤田老師的生活。」父親考量到「澤田老師是和子以前的老師，不好拒絕」，最後終於勉強同意讓澤田老師來教我。澤田老師每週四都會過來，在我的書房裡囉囉嗦嗦地講些無聊的事，讓我覺得很討厭。他將所謂的文章，首先就是要能準確地運用助詞這種想當然耳的事情，煞有其事地反覆地說著。

「太郎玩庭院，錯；太郎往庭院玩，當然也是錯的；一定要說太郎在庭院遊玩。」我竊笑著，他馬上用一種非常憤恨的眼神，像是要刺穿我臉龐般，直視著我，然後深深嘆了口氣說：「妳不夠誠實。不管才能有多豐富，人只要不誠實，做什麼事都不會成功的。妳知道寺田正子這個天才少女嗎？她出身窮困，想要讀書卻連一本書都買不起，有著不順遂的可憐身世，但是因爲她很誠實，好好地把握住老師所教的東西，才得以完成那麼多的名作。指導她的老師，想必是多麼認眞努力的啊！妳如果能再誠實點的話，我會讓妳成爲寺田正子那樣的人。不，妳的環境又那麼好，一定可以讓妳成爲大作家的。我會比寺田正子的老師更多用點心來教導妳，那就是德育。妳知道盧梭這個人嗎？約翰・傑克・盧梭，西元一千六百年？不，是西元一千七百年？一千九百年？笑啊！儘管大笑啊！妳就是太仗勢自己的才能，輕蔑老師了。以前中國有位叫作顏回的人……」說了這類雜七雜八的話，一小時過去後，他突然停下來，只說句「下次再繼續」，便離開書房。

他在茶室與母親閒聊一會兒後就回家去。雖然批評小學多少照顧我的老師不太好，但我真的覺得澤田老師有些癡呆。像是對於文章，描寫是很重要的。不會描寫，就會不知道該寫些什麼，他說些已經過時的東西，還得邊看小記事簿邊講解。「比方說，在形容下雪的時候，」他把記事簿放進胸前的口袋裡，繼續說：「猛然看到細雪像演戲般紛紛落下的情景時，不能說雪嘩啦嘩啦地下。那樣沒有雪的感覺。說咚咚地落下，也不對。那麼，輕飄飄地落下，如何？還是不太好。綿綿地，比較接近，慢慢有雪的感覺，這很有趣。」他一個人搖著頭，兩手交叉喃喃自語地嘀咕：「淅瀝淅瀝地，如何？這又好像在形容春雨。還是，綿綿地比較好。嗯！綿綿地、輕飄飄地，連在一起也很好。綿綿地輕飄飄地。」他似乎很熱衷於玩味這個形容的樣子，瞇著眼說著。突然間，他又想到什麼，又重新面對我說：「不行，這樣還不夠貼切。啊！雪花像鵝毛般飛舞飄散，如何？古文裡的確是這樣寫的。還是用鵝毛比較貼切。和子，明白了嗎？」不知道爲什麼，我覺得老師好可憐、好可恨，讓我有一股想哭的衝動。儘管如此我還是繼續忍耐地接受了三個月左右，淨是無聊、胡說八道的教育，最後，不管怎麼樣，我連看到澤田老師的臉都覺得很討厭。

我終於向父親全盤拖出，希望能拒絕澤田老師再來。父親聽到我的話，大感意外。父親本來就反對請家庭老師這件事，只是礙於幫助澤田老師生計這個名目才決定請他來的。「沒想到他是這樣無責任的教導寫作教育，本來還以爲他會每週一次幫助和子進行一些功課的學習。」於是，父親又和母親起了嚴重的爭執。我在書房聽著茶室的爭吵，邊思考邊哭泣。爲了我的事引起了這樣的騷動，我感覺世上再也沒有像我這樣惡劣不孝的女兒了。既然如此，我應該要更專心地學習作文、小說，讓母親高興。可是，我辦不到，我已經什麼都寫不出來了，打從一開始我就沒有文才。說到下雪的形容，澤田老師還比我厲害呢！自己明明什麼都不會，還要嘲笑澤田老師，我真是個愚蠢的女孩，連綿綿地輕飄飄地這樣的形容都想不到。我聽著茶室的爭吵，深深地覺得自己眞是個沒用的女孩。

那時，母親吵不過父親，澤田老師就再也沒有出現，可是壞事還是繼續發生。在東京的深川，有位叫金澤富子的十八歲女孩寫了非常好的文章，受到世間大好評。那人的書，賣得比任何偉大的小說家還要多，一躍變成有錢人。柏木舅父像是自己變成了有錢人般，一臉得意地到家裡來告訴母親這項傳聞，使得母親再次感到興奮。她一邊在廚房善後，一邊非常認眞地說著：「說到和子，她有能寫的文才，可是爲什麼卻是這樣？現在和以前不同，女孩子不用一直窩在家中。由柏木舅父來教，練習寫寫看也好。柏木舅父與澤田老師不同，他是讀到大學的人，不管怎麼說，還是會比較可靠。如果變成了那樣有錢的話，爸爸一定會瞪大眼睛看的。」

從此柏木舅父幾乎每天都會出現在我家，把我帶到書房對我說：「先寫日記，把看到的感想直接寫出來，這樣就已經是好的文學了。」接著他又告訴我很多深奧的理論，可惜那時我一點寫作的心情都沒有，一直敷衍地聽著。由於母親是個五分鐘熱度的人，當時的興奮，持續了一個月後，便消失得無影無蹤。只有柏木舅父，豈止說清醒，他還一臉認眞地表示：「這次我愈來愈有決心讓和子成爲小說家。和子最後一定得變成小說家的女人。難得這樣聰明的孩子，絕不能只當平凡的太太，一定要放棄一切，專注在藝術的道路。」趁著父親不在家時，舅父大聲地告訴我和母親。被這樣嚴厲地說，母親大概心情也不太高興，落寞地笑著說：「是啊！可是這樣和子不會很可憐嗎？」

也許眞被舅父說中。我翌年自女校畢業後，也就是現在，強烈地憎恨著舅父那個惡魔般的預言，又在內心的角落裡偷偷地相信也許眞的是這樣。我是個沒用的女人，頭腦一定不太好，連自己都不明白自己。離開女校後，我突然變了個人。每天都覺得很無聊，幫忙家事、整理花圃、學琴、照顧弟弟，這一切都好愚蠢，我瞞著父母，沉浸在愛情小說裡。

小說，爲什麼一定要那樣淨寫著人的祕密壞事呢？我變成一位只會胡亂幻想、骯髒的女孩。此刻，我突然想照舅父所教導我的，把我所看到的事、想到的事就此寫下，向神明告罪，可我沒那個勇氣。不，是我沒有那個才能。而且，頭上像是蓋了個生鏽的鍋子，怎樣都理不清頭緒。什麼都寫不出來。這一陣子，有想要試著寫寫看。前幾天，我悄悄地排好筆，以睡眠箱爲題，把一個無聊的夜裡所發生的事情寫在記事本裡給舅父看。舅父才讀了一半就丟開記事本，一臉認眞掃興地對我說：「和子，妳最好放棄當個女流作家。」接著，舅父又邊苦笑邊像是在對我提出忠告般說道：「文學這種東西，沒有特別的才能是不行的。」現在父親反而還會一派輕鬆地笑著說：「如果喜歡，試試也無妨。」母親有時在外面聽到金澤富子、還有其他的女孩一躍成名的傳聞時，也會回來興奮地說：「雖然和子能寫，但是沒有耐性就沒辦法。以前加賀的千代[註1]女開始到師父那邊學俳句時，曾被要求以杜鵑爲題做一首俳句來看看，她迅速地做了很多的俳句給師父看，可是，師父一直沒有稱好。因此，千代女一夜沒睡地思考，回過神，天色已亮，她隨手寫出『杜鵑，杜鵑鳴時，天已明。』拿給師父看，終於被師父褒獎：『千代女做得好！』所以說，做什麼事都需要有耐性。」

母親喝了一口茶，低聲喃喃唸著：「杜鵑，杜鵑鳴時，天已明。的確，做得眞好。」她顯得相當佩服的樣子。可是，媽媽，我並不是千代女，我是一個什麼都寫不出來的愚昧文學少女。

烤著暖爐，讀著雜誌，因爲睡不著，寫了一暖爐是人的睡眠箱這篇小說，結果舅父只看了一半就把它扔了。之後我試著讀，也覺得它的確不怎麼有趣。要怎樣才會使小說寫得好呢？昨天我偷偷地寄了封信給岩見老師，寫著請不要捨棄七年前的天才少女。也許現在我已經變得瘋狂。

註❶：江户中期的俳人。加賀松任人，句集有「千代尼句」、「松之聲」。

BEST OF LITERATURE

招待夫人

太太本來就是個好客的人……不對，就太太的立場而言，與其說她好客，不如說她很畏懼客人。

每當玄關鈴聲響起，我出去應門，然後回屋裡告訴太太訪客的名字時，太太就會像驚弓之鳥，馬上異常地緊張，開始整理鬢髮、調整領襟、挺起腰桿，我的話還沒聽到一半，就起身小碎步地跑到玄關，用一種似哭似笑，像笛子般的奇怪聲音迎接客人。接著，她會以一副慌亂的眼神，穿梭在會客室與廚房之間，一下弄翻鍋子，一下打破盤子，然後對身為管家的我說：對不起、對不起。等到客人回去之後，她又會一個人頹然地倒臥在會客室裡，不善後也不做任何事，甚至有時候還噙著眼淚哭泣。

聽說主人是鄉裡大學的老師，家裡很有錢，再加上太太娘家也是福島縣的富農，兩人又沒有孩子，夫妻倆就像不知疾苦的孩子一樣，悠閒生活著。我來這個家幫忙時正是四年前戰爭最激烈的時候，儘管主人是屬第二國民兵的孱弱體格，但仍突然被徵召，還運氣不好地被派到南洋群島。沒多久戰爭結束後，他卻行蹤不明了。當時的部隊長還寫了張明信片給太太，上面簡單地寫著：也許可以考慮放棄。後來太太對待客人的態度變得愈來愈瘋狂，看起來教人好生同情。

在那位笹島醫生出現在這個家之前，太太的交際範圍只限於主人的親戚和太太家裡的人。主人去南洋群島之後，在生活方面，有太太娘家送來的物品，倒還比較輕鬆、寧靜地過著高品質的生活，但在遇到笹島醫生之後，一切就變得亂七八糟。

雖然這裡是在東京的郊外，但由於距離市中心較近，又很僥倖地避開戰爭的災難，因此市中心裡遭到空襲的難民，全都像洪水般湧到這邊。走在商店街時，來往的行人感覺上都變得很奇怪。

大概是去年某傍晚，太太在市場裡遇到十年未見的主人朋友笹島醫生，太太請他到家裡小坐起，便開始日後的惡夢。

笹島醫生與主人都是四十歲左右的年紀，聽說也是在主人工作的地方當大學老師，不過，主人是文學士，笹島是醫學士，兩人中學時是同班同學。主人在這邊成家之前曾與太太在駒過的公寓小住了一陣子，當時笹島醫生也一人住在同棟公寓裡，彼此曾有一小段時間密切往來。等到主人搬到這邊之後，大概是因爲研究的領域不同，就沒有再互相拜訪，只是些禮貌性的往來。

經過了十幾年，偶然在這城裡的市場看到太太，他便出聲打了招呼。被人叫住，太太只要簡單回應就好了，點到為止就好了，可是之前的招待癖又犯，明明無意挽留客人，但因不好意思，反而又拚命地留住客人，直說著：「我家就在附近，要不要來坐坐？」於是笹島醫生便穿著和服外套，提著購物籃，以一副奇怪的打扮來到家裡。

「唉呀！眞是非常好的住宅啊！能避開戰爭的災難，眞是好運氣啊！也沒有同居的人呢！這樣實在太奢侈了。不，這本來就是女人的家庭，而且這樣整齊清潔的家，反而很難找到同居的人。如果讓我住在這邊，應該會覺得很不自在吧？

不過，我眞沒想到太太就住得這麼近。我有聽說您家是在M町，但是，人啊！就是很迷糊，我流浪到這邊已經快一年了，卻完全沒注意到這邊的門牌。我常常路過這屋子的前面。去市場買東西時，一定會經過這邊的路喔！唉，我在這次的戰爭裡遇到很大的不幸。結婚之後就立刻被徵召，好不容易回到家，屋子卻被燒毀。妻子在我離家時便帶著剛出生的兒子逃到千葉縣的娘家避難，就算把她們叫回東京，也沒有房子可以住，不得已只好一個人在那邊的雜貨店裡借個三榻榻米大的房間過著自炊的生活。今晚本來想做一個雞肉鍋好好暢飲一番，於是就提了這購物籃徘徊在市場裡，眞是討厭啊！竟然變成這樣，連自己是生是死都不知道！」他兩腳交疊盤坐在會客室裡，淨說些自己的事。

「眞是可憐！」太太說著。很快地，嚴重的招待癖又犯，目光改變，踏著小碎步急急地走到廚房來。

「小梅，對不起！」她先跟我道歉，吩咐我準備雞肉鍋和酒，接著就轉過身奔回會客室。不一會兒她又跑回到廚房來，囑咐我生火、拿出茶具等極其普通的事。她那既興奮又緊張的神情已經超出令人同情的範圍，甚至讓人感到有些厭煩。

笹島醫生也很厚臉皮，他大聲地說：

「唉呀，是雞肉鍋嗎？眞不好意思，太太，我吃雞肉鍋一定要放蒟蒻的，麻煩了。如果有烤豆腐也好，只有蔥會讓我不習慣。」

太太連話都還沒全部聽完，就像跌進廚房般跑過來說：

「小梅，對不起！」以一副不好意思，哭喪著臉、孩子似地拜託我。

笹島醫生表示：用小磁杯喝酒很麻煩，於是他便用杯子咕嚕咕嚕地飲酒喝醉。他隨意地整理了一下桌子說：

「原來如此，您先生最後生死不明啊！唉呀，那十之八九是戰死了。不過那也是沒辦法。太太，不幸的不只妳一人啊！」

「我啊，太太……」接著，他開始說出自己的遭遇。

「無家可住、與最愛的妻子分居、家財家具被燒、衣服被燒、被褥被燒、蚊帳被燒、一無所有。我啊！太太借宿於那家雜貨店之前，我可是睡在大學醫院的走廊。醫生比患者生活得更淒慘，還是當個病患比較好。啊！實在是無趣，太慘了。太太，妳啊，算幸運的了。」

「嗯，是啊！」太太急忙應聲：「我也這麼覺得。與大家相比，我實在太幸運了。」

「是啊！是啊！下次我帶我的朋友一起來。他們啊！全都是不幸的伙伴。實在不得不請妳多照顧啊！」

太太呵呵呵地像是非常開心地說：「那裡，別這麼說……」

接著她又沉穩地表示：「這是我的榮幸！」

從那一天開始，我們的家就變得亂七八糟。

本以爲喝醉酒的玩笑話不代表什麼意義，可是過了四、五天，他還眞厚顏無恥地帶了三個朋友一起來，吆喝著：「今天醫院舉行忘年會，今晚要在府上再開第二攤，太太，讓我們就此暢飲一整夜吧！今天就痲煩您了，找不到吃下一攤的合適屋子，很傷腦筋！喂！

各位，在這邊不用客氣，上來、上來，會客室在這邊。穿著外套也沒關係。」

他儼然像在自己家一樣招呼著客人、叫喚客人。朋友之中有一位女人，好像是護士，他還當著大家的面調戲那女人。接著，他又對已經提心弔膽，勉強陪笑的太太像隨從般使喚。

「太太，對不起。請將火爐點上火。還有，麻煩妳準備酒。如果沒有日本酒的話，燒酒、威士忌也沒有關係。至於吃的東西，啊！對對，太太，今天晚上我們帶來了很好的禮物，請嘗嘗鰻魚燒。這是天冷的時候才有。一串給太太，一串我們自己享用。還有，喂，不是誰有帶蘋果來嗎？趕快拿給太太。那在印度，可是最好最香的昂貴蘋果。」

待我端著茶到會客室時，不知道從哪個人的口袋裏滾出了一顆小蘋果，停在我腳邊，眞想把那顆蘋果一腳踢開。之後我又看到那只有一個，卻寡廉鮮恥地吹說是禮物的鰻魚，它薄薄的，半乾，像鰻魚乾那樣丟臉的東西。

那晚他們一直吵鬧到黎明時分，太太也被強灌酒，等到天色漸亮，他們才以火爐爲中心，一群人亂七八糟、男女夾雜地倒睡在一起。太太也被強拉進那個雜睡圈裡，她一定都沒有睡著。其他的人一直沉睡到中午過後才醒來，之後吃了茶漬飯，好像都還有些醉意，每個人都顯得有些無精打采。可能是我露出忿忿不平的樣子吧！他們面對著我，全都低著頭像是沒精神的腐魚，成群結隊地回去。

「太太，爲什麼要和那些人雜睡在一起？我很討厭那樣亂七八糟的事。」

「對不起。我沒辦法拒絕……」聽到她頂著張睡眠不足、疲憊不堪的蒼白臉龐，眼睛裡含著淚水這麼說，我也無法再說什麼。

在那之後，野狼的來襲愈變愈凶猛，這個家似乎已變成笹島醫生朋友的宿舍。笹島醫生沒來時，他的朋友也會來住宿，每次來時，太太都會陪他們一起雜睡，可是太太卻怎樣都睡不著。原本就不是個身體強健的人，等到沒有客人時，她更是一直在休息。

「太太，您眞的變得很憔悴。請別再和那樣的客人往來了。」

「對不起，我做不到。大家都是不幸的人，不是嗎？來我家玩可能是他們唯一樂趣。」眞是愚蠢！太太的財產現在也很讓人擔心，儘管再這樣子下去半年，就要到賣房子的地步，她還是絲毫不讓客人知道這樣的窘迫。她的身體已經變得很糟，但只要客人一來，她仍會馬上從床上起身，趕快整理衣裝，小跑步地到玄關，用似哭似笑、不可思議的歡笑聲迎接客人。

那是早春晚上的事。我向太太建議：又來了一組喝醉的客人，他們可能會玩到通宵，不如我們現在先吃一些東西吧！於是，我們兩人就站在廚房以蒸包作爲正餐。儘管太太總是給客人許多好吃的食物，但自己一人用餐時，卻總是用蒸包來解決。

那個時候，會客室突然傳來酒醉客人的低俗哄笑聲，接著，他們用醫學用語說出非常難以入耳，骯髒的事情。

「唉呀，唉呀，不能這樣。我瞧不起你這樣的惡劣。說到那位太太，你……」

一會兒，好像年輕的今井醫生回答道：

「你想說什麼。我可不是爲了愛情來這邊玩的喔！這邊啊！是住宿的地方……」我憤怒地抬起頭。

在黑暗的燈光下默默低著頭吃蒸包的太太，此時眼睛泛起微微的淚光。我在萬般憐惜之餘，什麼話都說不出來。太太低著頭靜靜地說：

「小梅，對不起。明早請燒好洗澡水。今井醫生他喜歡早上洗澡……」

太太只在那時露出一副遺憾的表情，後來就像什麼事都沒發生一樣，對客人熱情地招待，奔走於會客室和廚房之間。

雖然我知道她的身體日漸衰弱，但因太太在招待客人時總表現著毫不疲累的樣子，所以，儘管訪客都是醫生，卻沒有人發現太太的身體不適。

在一個安靜的春天早晨裡，由於那天早晨很幸運地沒有投宿的客人，我便一個人很悠閒地在井邊清洗著衣服。此時，太太突然赤著腳歪歪斜斜地走下庭院來，她蹲在開有山吹花籬笆旁吐了許多血。我驚惶地大叫，趕緊跑了過去，從後面抱著太太，扛著她回房間，讓她安靜地休息。接著，我哭著對太太說：

「就是因爲這樣，我很討厭客人。居然會變成這樣，虧那些客人還是醫生，如果不能恢復到過去的身體的話，我是不會原諒他們的！」

「不可以喔！如果把這件事告訴客人，他們會覺得自己有責任，而感到難過。」

「可是身體變得這麼差，太太之後要怎麼辦？還是要起來招待客人？在雜睡中吐血的話，會很奇怪的喔！」

太太閉著眼睛想了一會兒說：

「我要回娘家一趟。小梅，請妳留下來幫助客人留宿。那些人都是一些工作到很晚，沒有家的人。還有，不要告訴他們我生病的事。」太太溫柔地微笑著。

趁客人還沒來，那天我開始著手整理行李，後來覺得自己應該要陪太太回娘家福島，因此買了兩張票，等到第三天，太太氣色變得較好，又沒有訪客時，我便催促著太太趕快走。等我們關好雨窗、鎖好門、步出玄關時，天啊！

笹島醫生大白天就醉醺醺地讓兩個像是護士的年輕女孩給抬過來。

「哎呀，妳們是要外出嗎？」

「沒有，沒關係。小梅，麻煩妳打開會客室的雨窗。請進，醫生，請上來。」

太太又發出哭笑似的奇怪聲音向年輕的女孩們打招呼，然後像隻團團轉的老鼠開始奔走接待，並要我外出採買。當我在市場打開從太太那邊急忙拿來權充錢包的旅行用背包，準備掏出錢時，驚見太太的車票已被撕成兩半。一定是在玄關遇到笹島醫生時，太太偷偷撕毀的，在對太太深不可見底的溫柔感到茫然不知所措之同時，我生平第一次感受到什麼是與其他動物所不同的高貴。

我從腰帶中抽出我的車票，將它撕成兩半，在市場裡繼續尋找著該買什麼好東西回去招待人家。

BEST OF LITERATURE

十二月八日

今天的日記要特別地用心寫。

昭和十六年十二月八日，日本貧窮的家庭主婦是怎樣度過一天呢？我要稍記錄下來。如果過了一百年，當日本正在熱烈慶祝紀元二千七百年時，在某土堆的一角發現了這本日記簿，瞭解在百年前的重要日子裡，我們日本的主婦是這樣生活，說不定會有些歷史參考價值。因此，就算我文章寫得很糟，還是要注意不能扯謊。不過凡事都要考慮到紀元二千七百年才能下筆，實在很辛苦，我得注意不能寫些太呆板的東西。根據外子的批評，他覺得我的信件、日記裡只有陳述事實，感覺非常遲鈍，幾乎是沒有感情的東西，文章一點都不美。實際上，從幼年開始，我就很拘謹。內心雖沒有那麼認眞，但就是不善辭令，沒辦法純眞地撒嬌，淨做些蠢事。也許是因爲自己的慾望太深也說不定。總之，我得好好地反省。

說到紀元二千七百年，馬上想起一些事。那些事有點愚蠢、滑稽。

前幾天，外子的朋友伊馬難得來家裡玩，我在隔壁房間聽到當時外子和他在客廳所交談的內容，簡直讓我哭笑不得。

「想到在紀元二千七百年的慶典時，到底會說兩千七百年，還是二千七百年，我就很憂心，非常在意。這令我感到很煩悶。可是，你卻好像沒那麼在意。」伊馬說。

「不！」外子認眞地思考，「聽你這麼一說，我非常地在意。」

「是嗎？」伊馬變得非常認眞。「說不定會說兩千七百。我突然這麼覺得。可是，說到我的希望，我還是希望能說二千七百。兩千七百，實在讓人很困擾。很討厭，不是嗎？又不是電話號碼，實在很希望能好好地唸出正確讀音。眞希望那時會說二千七百。」伊馬以一種非常擔心的語氣這麼說。

「不過，」外子沉重地表示了意見：

「一百年之後，說不定已經沒有二千七百，也沒有兩千七百，而是完全不同的讀法。比方說倆千七百……」

我忍不住笑出來，眞愚蠢。外子很認眞地與客人談論著不論何時變成這樣都沒關係。與平常感性的他，簡直完全不同。我的丈夫是靠寫小說維生，由於不太積極，收入很令人擔心，這就是我平常的生活。我一直都沒看過外子寫的小說，所以沒辦法想像他會寫什麼東西，好像寫得不太好的樣子。

唉呀，扯遠了。這樣東扯西扯，是無法寫出可以保存到紀元二千七百年的好記錄的。

從頭來過……

十二月八日。早上，還在被褥裡匆忙地準備早上的工作，餵園子（今年六月出生的女兒）喝奶時，從某處清楚傳來一陣廣播。

「大本營海陸總部發表。帝國海陸軍於今天八日凌晨與美、英軍在西太平洋進入戰鬥狀態。」

這個廣播就像光線般，強烈鮮明通過緊閉的雨窗縫，傳進我黑暗的房裡。廣播高聲地複誦兩次，專心聽取中，我整個人開始發生了變化。在強烈的光線下，有種身體變得透明的感覺；又有種受到聖靈吹氣，一片冰冷的花瓣飄進我胸中的感覺。日本，從今早開始，已變成一個不一樣的日本了。

想到要通知鄰室的外子，我叫喚「親愛的」，他便立刻回答：

「我知道了，我知道了……」語氣嚴峻，一副很緊張的樣子。

平常都起得很晚，今早居然這麼早就起床，眞不可思議。聽說藝術家這類的人生性敏感，說不定他之前就有什麼不祥的預感了。我覺得有些佩服。不過，由於他接著說了個蠢話，使得我對他的觀點又大打折扣。

「西太平洋是在哪一邊？是舊金山那邊嗎？」

我感到洩氣。該怎麼說呢？外子完全沒有地理常識，甚至連東、西邊都搞不清楚。一直到前幾天，他記起南極是最熱，北極是最冷的這件事，聽到他這番話時，不禁懷疑外子的人格。去年他去佐渡旅行，回來談起旅遊經歷時，從汽船遙望佐渡島，他居然把佐渡島當成滿州，眞是亂七八糟。這樣竟也可以讀到大學，眞是讓我感到一陣木然。

「西太平洋是指靠近日本的太平洋吧！」

「是喔！」聽我這麼一說，他不太高興地回答。

在思考了一陣子後，他又繼續說道：「但這是我第一次聽到。美國在東，日本在西這種說法，妳不會覺得令人很不舒服嗎？日本可是向來被譽爲日出之國，稱做東亞的。所以那樣不對。說日本不是東亞，眞讓人不高興。難道沒有日本在東，美國在西的說法嗎？」

他說的內容全都很奇怪。外子的愛國心實在太極端了。前幾天還莫名其妙得意地說：「不管那些洋鬼子有多兇猛，他們就是不敢嚐這醃鰹魚；可是我們什麼洋食物都吃。」

不想再回應外子奇怪的說辭，我匆匆起身，打開雨窗。眞是個好天氣！不過我還是可以強烈感受到寒氣。晾在屋簷下的尿布都結凍了，院子裡也下著霜，山茶花冷冽地開著。

好安靜！可是太平洋上才剛開始作戰呢！我不可置信地想著。我深刻地感受到日本國土的美好。

我走到井邊洗臉，接著清洗園子的尿布。洗到一半時，隔壁的太太也出來了。互道早安後，我提起了戰爭的事情。

「以後應該會很辛苦吧！」

隔壁太太前不久才被選爲鄰長，她想到我指的那件事，便回答道：

「不會，什麼都不會發生。」聽到她心虛地這麼說，我有點不舒服。

隔壁的太太應該不會沒想到戰爭的事，而且，身負鄰長的責任重大，她一定很緊張。我開始對鄰居太太感到抱歉。今後，鄰長一定會很辛苦吧！因爲這與演習不同，一旦有空襲時，她指揮的責任就很重要了。我說不定得背著園子到鄉下避難。外子之後應該是會一個人留下來，守護家園。想到他什麼都不會，眞教人擔心。他大概會一點忙都幫不上。事實上，就像之前說的那樣，外子連國民服是什麼都弄不清楚。到那時候，一定很麻煩。他是個懶散的人，等我半聲不吭地把衣服拿來，他大概會邊嚷著「這是什麼玩意兒」，邊心中嘆氣地穿上吧！不過，衣服的尺寸太大，就算買現成的國民服來也沒辦法，眞是困難！

外子今早七點左右起床，早飯也很早就吃完，之後便隨即展開工作，這個月他好像有很多瑣碎的工作。早餐的時候，我不加思索地提到：

「日本眞的沒問題嗎？」

「不就是因爲沒問題，所以才打的嗎？一定會打贏的。」外子以不著邊際的話回答。外子向來所說的話總是謊言，完全不是眞的，不過這次我願堅信他的話會有所不同。

我在廚房一邊善後，一邊左思右想。也許是眼珠顏色、頭髮顏色的不同，激起了我同仇敵愾的心情，好想胡亂地揍他們一頓。這與跟中國作戰時的心情完全不同，我只要一想到這些像野獸般感覺遲鈍的美國軍隊果眞徘徊在這親切、美麗的日本土地上，我就覺得非常受不了。只要踏上這神聖土地一步，你們的腳就會腐爛，因爲你們沒有資格這麼做。日本美麗的軍隊啊！無論如何請務必要將他們打得落花流水。今後我們的家庭應該會物資愈來愈不足，更加困苦，不過，請不要擔心，大家會平心靜氣，絲毫不會有厭煩的心情，也不會後悔生長在這樣辛苦的局勢裡。生長在這樣的世界，反而可以感覺到生存的價値。我很慶幸生長在這樣的世界裡。啊！好想跟誰談談戰爭的事，說些開戰了，已經開始了等事情。

廣播從一早就持續播放著軍歌。拼命地播放，一首接著一首，播放了好多的軍歌，大概是歌曲已經播盡，連「敵軍幾萬」等這些好老好老的軍歌也被播放出來。我一個人聆聽著，對電台的純真感到欣慰。

因爲外子非常討厭廣播，所以家裡一直沒有這設備。儘管之前我並沒有那麼想要收音機，但是，這時候，我好想有台收音機。我想聽很多、很多的新聞。我要去跟外子談談，想要他買來。

由於快到中午時，會陸續傳來重大的新聞，我忍不住抱著園子到外面，站在鄰居的楓葉樹下，傾聽鄰居的廣播。奇襲登陸馬來半島、攻擊香港、宣戰大詔，我抱著園子流淚，眞是麻煩。回到家中，我把剛剛聽到的新聞全部轉述給正在工作的外子。外子聽完後笑著說：

「是嗎？」他站起來又坐下，靜不下心的樣子。

中午過後不久，外子像是總算完成一個工作。他拿著原稿，匆匆離家外出，要送稿到雜誌社，不過看樣子，應該是很晚才會回來。每次他那樣像是逃難般急急忙忙出門時，一般都會很晚回家。只要不是在外過夜，回來多晚，都無所謂。

送走外子後，我烤鹹沙丁魚乾，用過簡單的午餐後，我便背著園子到車站去購物。途中，我順路拜訪龜井家。外子的老家送來很多蘋果，我想要拿給龜井家的小悠乃（五歲的可愛女孩），於是便包了些蘋果帶過去。小悠乃站在門口，一看到我，立刻啪噠啪噠地跑進玄關，呼叫著「媽媽，園子來了」。園子應該是在我背後，朝著龜井太太、先生可愛地微笑著，龜井太太一直熱情地誇獎她好可愛、好可愛。龜井先生穿著運動衣，一副英勇的姿態來到玄關，聽說他剛剛正在走廊下鋪草蓆。

「匍匐在走廊下也比不上登陸敵前那樣的痛苦。這樣骯髒，眞是抱歉。」

在走廊下鋪上草蓆，到底是怎樣的情況呢？聽說一旦有空襲時，就要躲進去。讓人感到不可思議。

不過，龜井太太的先生與外子並不同，他非常地顧家，教人好生羨慕。聽說他以前更顧家的，也許是外子搬來附近，教他些喝酒的事之後，人就有些改變。龜井太太一定很氣外子吧！我感到很不好意思。

龜井家門前準備有火鈴，還有個像熊掌般奇怪的東西，可是，我們家卻什麼都沒有。只怪外子生性散漫，眞是沒辦法。

「唉！你們眞是準備充分啊！」

「是啊，因爲當鄰長。」聽我這麼一說後，龜井先生立即宏亮地回答。

「本來是副鄰長，後因鄰長年事已高，便暫代鄰長的工作。」龜井太太小聲地對我修正。龜井太太的先生眞是認眞，跟外子簡直是判若兩人。我拿了些糕餅後便在玄關告辭。

接著我去了趟郵局，領取「新潮」的稿費六十五元日幣，然後試著到市場看看。還是老樣子，物品匱乏。這次又只能買烏賊和沙丁魚乾。烏賊兩隻，四十錢；沙丁魚乾，二十錢。

此時市場裡又傳來廣播，重大消息陸續被播報出來。

突襲比島、關島、突襲夏威夷、美國軍艦全部被殲滅、帝國政府的聲明，我渾身如羞恥般地顫慄著，好想感謝大家。我直直地站在市場廣播器前，另外又有二、三名女子嚷著「去聽廣播！」聚集到我身邊。接著二、三人變成四、五人，最後聚集了將近十人。

我離開市場去車站的商店買外子的菸草。街坊的樣子一點都沒有改變，只是菜販前貼了寫有廣播新聞的紙張。商店的樣子以及人們的對話也跟平常並沒有太大的差別，這樣的肅靜很讓人安心。由於今天手上還剩些錢，我當下就買了一雙自己的鞋子。我完全不知道這一件東西從這個月開始每三塊錢日幣要課兩成的稅，如果是上個月底買的話就好了。不過，囤積居奇的行爲太可恥，我不喜歡。鞋子，六元六十錢；其他東西，奶油三十五錢，信封三十一錢。買完東西後，便返家。

回到家不久，早大的佐藤來訪，說決定畢業後要立刻入營，不巧，外子不在家，眞是不好意思。「請保重。」我打從心底向他致意。佐藤回去後不久，帝大的阿堤也來造訪。聽阿堤說，他在光榮畢業後，即接受了徵兵檢查，可惜被評爲第三乙，非常遺憾。佐藤、阿堤之前都是留著長髮，現在則理了漂亮的平頭。唉！這些學生眞是辛苦，我感慨萬千。

傍晚，好久不見的今太太提著牛排來訪，外子人不在，眞是很不好意思。特地跑來三鷹這麼裡面的地方，可惜外子不在家，又得這樣回去。回途中，人家不知道會有多生氣？一這麼想，心情就變得很陰鬱。

準備晚餐時，隔壁的太太來訪，說十二月的清酒補給券下來了，可是一鄰九戶人家，卻只有六張一升券，她想跟我商量該如何是好。我本來想說可以用輪流的方式，但考慮到九戶人家全都想要，於是我們決定六升分成九等分，要大家趕快拿著瓶子去伊勢元買酒。因爲我剛開始煮飯，所以沒法跟去，但料理好晚餐，我背著園子往伊勢元走，途中剛好迎面遇到同鄉的鄰居抱著一瓶、二瓶的清酒，我立刻幫他們拿了一瓶清酒與大家一起回來。之後我們在鄰長的玄關裡開始將酒分成九等分。九個一升的瓶子排放成一列，大家仔細地目測分量，然後將酒瓶內的酒分成一樣的高度。把六升分成九等分，可眞是不容易。

晚報來了，很難得有四頁。上面刊著大標題「帝國向美英宣戰！」裡面的內容大致與今天聽到的廣播新聞一樣。但是一篇篇地閱讀，又有不同感動。

我獨自吃完晚餐後背著園子去澡堂。啊！和園子一起泡湯是我生活中最快樂的時光。園子很喜歡泡湯，一把她放進熱水裡，就變得很溫馴。在熱水中她手腳蜷曲，一直仰頭看著抱著我，好像有些不安的樣子。旁邊的人好像也都覺得自己的寶寶很可愛，泡湯時，大家各自捏著自己寶寶的臉頰。園子的肚子像是用圓規畫出來般，好圓！像橡皮球一樣又白又軟，這裡面居然藏有小小的胃、腸，眞是讓人覺得不可思議。肚子正中央偏下的地方，還有像梅花般的肚臍，腳啊！手啊！都好漂亮、好可愛，眞像在作夢。不管穿什麼衣服都比不上裸身來得可愛。把園子從熱水裡抱起，幫她穿衣服時，感到非常可惜，好想再多抱抱裸身的園子。

去澡堂時路還很亮，可是回去時，外面卻已經很暗了。都是因爲燈火管制，可是現在又沒有演習，內心開始有點緊張。這樣不會太暗嗎？這麼暗的路，我還未曾走過。一步步像探索般緩慢地前進，可是路途遙遠，我還是迷失了方向。從獨活到杉林這一段路，眞是太暗太恐怖了。突然想起女校四年級時，從野澤溫泉滑雪到木島，逃離暴風雪時的恐懼不同於當時的登山背包，現在背後的園子什麼都不知道地沉睡著。

此時，背後有位男子唱著「我為天皇效忠」的走調歌曲，急促地走來。聽到他咳、咳兩聲，我便知道他是誰。

「園子在害怕呢！」我說。

「什麼話！」他大聲地說：「妳們就是因為沒有信仰，所以在夜路上才會感到害怕。我就是有信仰，所以對我來說夜路就跟白天一樣，跟上來。」然後雄赳赳地走在前方。

什麼正氣凜然，外子根本就是嚇壞了。

BEST OF LITERATURE

誰都不知道

誰都不知道……四十一歲的安井夫人微笑地說。

那是一件可笑的事。它發生在我二十三歲的時候，已經是二十年前的事，剛好在大地震之前沒多久。

那時和現在這邊的牛込並沒什麼不同，前面的道路比較寬，我家的庭院也被徵收一半作爲道路。當時這邊有池塘，不過後來被塡平，若要說有什麼改變，大概就只有這樣吧！現在，從二樓的走廊，可以直接看到富士山，早晚也可以聽到兵隊的喇叭聲。父親在長崎擔任縣知事時，被召來任這邊的區長，那時正是我十二歲的夏天，母親當時還在人間。父親出生於東京的牛込，祖父則是陸中盛岡人。

祖父年輕的時候就隻身來到東京，做著橫跨政商的危險工作，嗯，就像是仕紳那樣，但是，不管怎樣後來他獲得成功，中年時便在牛込買了這間屋子，準備安身立命。是眞？是假？我不清楚。

很久以前，在東京車站遭受祝融之災的原敬[註1]聽說是祖父的同鄉，而且就輩分或政治的經歷來看，祖父還算是他遙遠的前輩。祖父會對原敬指點一些事情，聽說原敬即使當上大臣之後，每年新年都會到牛込的這個家來拜年。不過，這並不正確。爲什麼呢？因爲我十二歲的時候，第一次和父母回到東京這個家，祖父一直獨自住在牛込，當時他已是年過八十的骯髒老人。我之前隨著從事公務的父親奔波於浦和、神戶、和歌山、長崎等任職地，出生地是浦和的官舍，由於只有幾次到東京家來玩的經驗，所以對祖父並不熟悉。

十二歲時第一次住進這個家和祖父開始一起生活後，總覺得他像個陌生人，看起來髒髒的，而且祖父的話有很濃的東北腔，不太知道他在說什麼，因此，兩人也就變得愈來愈不親密。我一點都不會懷念祖父。祖父當時用盡方法要讓我開心，之前原敬的故事便是他在夏夜裡盤坐在庭院陽台時，煞有其事地搧著團扇告訴我的。我很快地就感到無聊，打了個誇張的哈欠之後，祖父猛然斜眼瞧我，語氣急速改變，「原敬的事不有趣，好，再來是牛込的七件不可思議的事。」他尖聲說出。什麼嘛，狡猾的老人。原敬的故事，根本就是假的。之後向父親詢問這件事，只見父親微微苦笑，摸著我的頭溫柔地說：「說不定他有來過這家一次，爺爺是不會說謊的。」

祖父在我十六歲的時候就去世了。雖然他是個我不喜歡的老人，但喪禮那天，我還是哭得很傷心。也許是因爲喪禮太華麗的關係，因過於興奮而哭泣。喪禮的隔天去上學，老師們全都向我致哀，在那時又哭了出來，受到朋友們意外地同情，我更感到惶恐不安。我是徒步至市谷的女子學校通學的，那時候，我像個小女王，幸福地不得了。我在父親四十歲擔任浦合的學務部長時出生，由於就只有我這麼一個孩子，所以父親、母親、還有周圍的人，都非常愛護我。雖然那時我自認是個軟弱、容易孤獨的可憐孩子，不過，現在再回想，那時實在是個任性、高傲的小孩。

進入市谷的女子學校之後，我馬上就和芹川成爲朋友，儘管當時一心想要和芹川友好客氣地來往，但說不定旁人會覺得我太過自負，明明覺得麻煩，卻還故作親切的態度。由於芹川總是相當柔順地聽從我說的話，後來我們便演變成一種類似主人和侍者的關係。芹川的家正好與我家相對，知道嗎？是一家名叫華月堂的點心店，嗯，到現在生意都很好，說到最好的餡，從以前開始，裝有栗子的餡，就一直是店家引以爲傲的產品。現在那店已替換繼承人，由芹川的哥哥負責，從早到晚努力地工作。老板娘也是認眞的工作著，總是坐在店裡等著訂購電話，迅速地交代伙計事情。

我的朋友芹川，自女校畢業後第三年，就找到好人家嫁了過去。現在好像住在什麼朝鮮的京城裡。我們已將近二十年沒有見面。芹川的先生是三田義塾出身，長得一表人才，聽說目前在朝鮮的京城經營一家很大的報社。芹川和我在離開女校後還繼續往來，不過，雖然說是往來，我卻沒到芹川她家去玩過，都是芹川她來我家，談的話題也大多都是關於小說。芹川在學校時就很喜歡讀漱石、盧花的作品，作文總是高人一等，非常拿手。我在這方面卻完全不行，一點興趣也沒有。

然而，在離開學校後，百般無聊之下，我便試著向芹川借讀她每次所帶來的小說，閱讀之中，我倒也逐漸瞭解到一些小說的趣味。不過，我覺得有趣的書，芹川並不覺得好，而芹川覺得好的書，我也看不太懂。我喜歡鷗外的歷史小說，但芹川卻笑我是老古板，她告訴我，有島武郎比鷗外更有深度。她曾帶兩、三本有島武郎的書給我，我有試著去讀，但一點都看不懂。現在再讀，說不定會有不同的感受，不過就算有島多麼地好、評價多麼地高，我還是不覺得有趣。我大概是個粗俗的人。那時的新進作家，有武者小路、志賀、還有谷崎潤一郎、菊池寬、芥川等很多人，其中我最喜歡志賀直哉和菊池寬的短篇小說。因爲這樣，我還被芹川笑說思想貧乏。我對理論性的作品是完全不行。每次芹川來時都會帶些什麼新發行的雜誌、小說，並且告訴我許許多多的小說故事及作家們的流言。她表現非常熱中，讓我覺得很可笑。

有一天我終於發現芹川熱中的原因。說到女性的朋友，如果變得有些熟，就會馬上給人家看相簿。有一天，芹川拿來一本很大的相簿給我看，我邊聽邊回應芹川囉唆的說明，一張張地看下去，裡面有一張照片是個非常俊秀的學生拿本書站在薔薇花園前，我不加思索地說：「啊，好漂亮的人呀！」不知為何，臉開始發熱起來。芹川當下說「討厭」，便立刻從我這邊把相簿搶回去。我喘了口氣，「好啦，我已經看到了！」聽我定下心來這麼一說，芹川馬上高興地笑出來，開始一個人很快地說：「知道了嗎？妳不粗心嘛！眞的？一看就知道了嗎？這從女校的時候就開始了，妳知道了嗎？」儘管我什麼都不知道，但她還是對我全盤托出。眞是個純眞無瑕的人。

這張照片裡的學生和芹川是在某個投書雜誌的讀者通信欄裡認識的。現在還有這類東西吧？她們在通信欄裡交換意見，總之，就是互相產生共鳴。雖然俗人的我不太瞭解，但聽芹川說她們是從那邊開始認識，之後逐漸變成直接通信。從女校畢業後，芹川便很快就陷進去，兩個人好像已私定終生。對方是橫濱船公司的次男，是慶應的秀才，以後應該會變成有名的作家。我從芹川那邊聽到很多的事，覺得非常地可怕，甚至有骯髒的感覺。

另一方面，我又對芹川感到嫉妒，胸口整個在糾結、悸動。我故作鎭定地說：「這是好事，芹川妳要好好地珍惜。」就在此時，芹川突然敏感地發起怒來：「妳好壞啊！口蜜腹劍，妳總是冷冷地輕蔑我。」她強烈地斥責我。「對不起，我沒有輕蔑妳啊！長得冷漠是我的缺陷，害我總是讓人誤解。其實我是對妳們的事感到很害怕，因爲對方實在太俊秀了。也許是我在羨慕妳也說不定呢！」聽我這麼一五一十地陳述之後，芹川馬上又恢復好心情，「是這樣的，我只有跟哥哥提起這件事，哥哥也跟妳說了一樣的話，他徹底反對。他要我找個更普通、一般的人結婚。哥哥本來就是個徹底的現實主義者，他會這麼說也沒錯。不過，我沒把哥哥的反對放在心上。明年春，他從學校畢業後，我們兩人就可以好好地在一起了。」芹川可愛地聳著兩肩，意志堅定地說。我勉強笑著，只是點頭。那個人的純眞實在非常地美麗，我羨慕地想，覺得自己古板粗俗的氣質眞是醜陋至極。

在這樣的告白後，芹川和我之間就不再像以前那樣親密。女孩子是很奇怪的東西，之中若有一個男人介入，不管之前的交情怎麼地親密，還是會突然變得張牙舞爪，就像冷漠的陌生人一樣。雖然我們之間沒有變得那麼惡劣，但是兩個人都變得很拘謹，連招呼也顯得客氣，交談也變得很少，就像普通的朋友一樣。兩個人都避談關於那張相片的事情，然後一年結束，我和芹川一起迎接二十三歲的春天。

那事正好發生在該年的三月末。晚上十點的時候，我和母親兩人在房間一起縫製父親的單衣，此時，女管家悄悄地打開窗戶，向我招手。

「我？」用眼神詢問，只見女管家認眞地輕輕點了兩、三次頭。

「什麼事？」母親將眼鏡移上額頭，向女管家問道。

女管家輕輕地咳了一聲說：「那個，芹川小姐的哥哥要找小姐。」像難以啓齒般，她又咳了兩、三聲。我立刻站起身跑到走廊。我大概知道是什麼事了。芹川一定發生了什麼事，一定是這樣的。我這麼想之後，便往會客室走去。

「不對，是廚房這邊。」女管家低聲地說，她像是在爲某些大事而感到萬分緊張，微微地彎著腰，踱著小碎步在前頭匆匆地跑著。芹川的哥哥微笑地站在黑暗的廚房口。

以前讀女校的時候，每天早上、傍晚我都會跟芹川的哥哥打招呼，他總是在店裡和伙計們忙碌地站著工作。離開女校之後，哥哥每週都會送訂購的糕點到我家，而我也總是會對他隨口叫著哥哥、哥哥。不過，他從未在這麼晚的時候來到我家，而且還是特地偷偷地來找我。一定是芹川的那件事爆發出來了，我焦急地想。

「這一陣子都沒看到芹川呢！」在被問之前，我先開了口。

「小姐已經知道了？」瞬間哥哥的臉變得很奇怪。

「不知道！」

「是啊！那傢伙不見了。眞是個笨蛋，搞不清楚文學與現實。小姐之前就聽說過這件事了吧？」

「是的，那件事……」不知道該怎麼啓齒。「我知道。」

「她逃走了。我大概知道她人在哪裡，那傢伙這陣子什麼都沒跟小姐說嗎？」

「嗯，這陣子她對我非常冷淡。不過，現在應該怎麼辦？還沒找到嗎？眞是太令人擔心了……」

「唉，謝謝。不能待在這邊了，得趕快去找她。」哥哥穿好外套，拿著背包。

「知道她在哪裡嗎？」

「嗯，我知道。我要把那兩個人狠狠揍一頓，再讓她們在一起。」哥哥說完，毫不在意地笑了笑便回去了。我站在廚房口，茫然地目送著他。

之後回到屋裡，我裝作沒注意到母親詢問的表情，靜靜地坐下，繼續在縫了一半的袖子上繡了兩、三針。接著，我悄悄地起身，步出走廊，踱著碎步急急地跑啊跑，跑到廚房口，穿上木屐後，不顧形象地奔跑。那究竟是一個怎麼樣的心情？我到現在還是不明白。

只是那時有一種覺悟，想要追上哥哥，至死都不離開。並不是為了芹川的事情，只是想再見哥哥一面，怎樣都無所謂。只要能和哥哥兩人，到哪裡都可以。就這樣帶我逃走，請占有我。我獨自思念著，在那天晚上，突然燃燒起來，我像隻狗般地在一條條黑暗的小路上沉默地奔跑，常常一失足就跌個踉蹌。我緊抓著胸前，繼續沉默地奔跑，淚水湧出眼眶，現在一想，那就像是在地獄底下的感覺。等我到達市谷見附的電車站時，幾乎無法呼吸。感到身體痛苦，眼前也一片漆黑，彷彿快要昏厥。

電車站裡一個人影也沒有，只有一班電車剛通過的痕跡。我使出全力，放聲大叫「哥哥！」作為我最後一個心願。

之後，我兩手交叉放在胸前走路回家。途中，我邊整理儀容邊回到家，靜靜地打開房間窗戶，母親好奇地看著我的臉問：「發生什麼事了嗎？」「嗯，聽說芹川不見了。眞是糟糕。」我若無其事地回答，繼續開始縫紉。雖然母親好像還想再問我什麼，不過最後她還是一副若有所思的樣子繼續沉默地縫紉。事情就是這樣。

關於芹川，之前已經提過了，她後來幸運地跟一位三田的人結婚，現在好像住在朝鮮的樣子。我也在隔年，嫁給了現在的丈夫。與芹川的哥哥，之後也有碰面，不過並沒有什麼特別的事發生。現在他是華月堂的負責人，有位漂亮的小妻子，生意繁榮。當然，之後他還是繼續每週送來外子所訂購的糕點。他什麼都不知道。那天晚上大概是邊縫衣服邊打瞌睡作夢吧！可是夢境卻又這般地眞實。妳能明白嗎？很像謊言的故事，但它一直都以一個祕密深藏在我心。連身爲女兒的妳，都馬上要升上女校三年級了呢！

註❶：於寺內內閣後的大正七年，以政友會的總裁之姿組織政黨內閣、成爲首位非貴族的首相。後來於東京車站被暗殺。

BEST OF LITERATURE

雪夜的故事

那天一早就下起了雪。

由於之前替小鶴（姪女）製作的褲裙已經完成，那天放學時，我便將它帶到中野的叔母家去。我從叔母那兒拿了兩片魷魚乾當禮物，等我到吉祥寺站時，天色已變暗，雪深達一尺以上，天空還不停地飄著細雪。我因穿著長靴，心情反而相當興奮，故意挑些積雪很深的地方行走。

一直到家裡附近的郵筒，才發現腋下夾著的魷魚乾紙包已經不見。雖然我是個粗枝大葉的人，但至今尚未掉過東西，一定是晚上在積雪的路上跑跑跳跳，才把東西弄掉的。我感到洩氣。這種把魷魚乾弄丟而垂頭喪氣，就好比做了低劣的事感到羞恥一樣。尤其，本來還打算要把它送給嫂嫂的。

我的嫂嫂今年夏天要生小寶寶喔！聽她說肚裡有了小寶寶之後，常會覺得肚子餓。她應該得和肚裡小寶寶一起吃兩人份的東西。嫂嫂跟我不同，她的修養很好、很高貴，正因如此，她總是像「有錢人在用餐」一樣，慢條斯理地吃飯，而且從不吃零食。這陣子她一肚子餓就會嚷著：「好丟臉，想吃一些特別的東西。」我一直無法忘記最近嫂嫂跟我一起清理晚餐殘餘時，小聲地嘆著氣說：「嘴好饞，好想吃魷魚乾。」的情景，所以那天偶然間從叔母那邊拿到兩片魷魚乾後，便興奮地想把它帶回來準備偷偷拿給嫂嫂吃。可是，魷魚乾弄丟了，眞不知如何是好。

誠如各位所知，我家裡有哥哥、嫂嫂、我三人。哥哥是位有些奇怪的小說家，由於年到四十還默默無聞，所以一直都很貧窮。他睡覺時、起床時總會嚷著時運不濟，囉唆地向我們抱怨他的口頭禪：「專家，算什麼！」他只會這般滿口振振有詞，卻一點也不幫忙家事，使得嫂嫂連男人粗重的工作都得做，眞是非常可憐。有一天，我義憤塡膺地說：

「哥哥偶爾也該背著背包去買菜。外面的先生大多都會這樣做的喔！」聽到我這麼一說，他馬上生氣地罵道：

「混帳！我又不是那樣低賤的男人。好了！君子（嫂嫂的名字）妳要好好地記住。我們一家就算是餓死，我也不會那樣不知羞恥地出去買東西。妳要有心理準備。那是我最後的驕傲！」

雖然這個體認很堂而皇之，但他究竟是爲了國家而憎恨購物部隊呢？還是因爲自己懶惰而討厭去買東西？我是一點也不清楚。

我的父母親都是東京人。由於父親長年在東北的山形辦事處工作，所以哥哥和我都在山形出生。父親在山形過世時，哥哥已經二十歲，我還在襁褓中，母親背著我，母子三個人再度回到東京。前些年母親去世後，現在就變成哥哥、嫂嫂及我的三人家庭。因爲我們沒有所謂的故鄉，所以沒辦法像其他的家庭那樣，可以託鄉下送來食物。再加上哥哥是個怪人，完全不和附近的人家打交道，因此我們從來沒有出乎意料地「得到」什麼稀奇的東西。一想到如果將那兩片魷魚乾拿給嫂嫂，她不知道會有多高興，我就覺得自己很差勁。捨不得那兩片魷魚乾，我當下便調頭右轉，慢慢地走在回來的路上仔細搜尋著。可是，一直都沒發現。在白色的雪道上要找白色的紙包已經是相當地困難了，再加上雪不停地下著堆積著，走回到吉祥寺車站附近，還是連一個小石頭都沒發現。

我嘆著氣，重新撐起傘，試著仰望陰暗的夜空，此時雪花就像百萬隻螢火蟲般，狂亂地飛舞。好漂亮啊！道路兩旁的樹木都覆蓋著雪，沉重地垂著枝頭，樹身彷彿在嘆息般，偶有微微地抖動。這一切簡直就像童話世界一樣，我已經忘掉魷魚乾的事情，內心突然有一個奇想，想把這美麗的雪景帶給嫂嫂。比起魷魚乾，這說不定是更好的禮物，老是侷限在食物上也不太好，實在很令人感到難爲情。

哥哥告訴過我，人的眼睛可以儲存風景。盯著燈泡看一會兒，然後閉上眼睛，就會在眼皮底下看到栩栩如生的燈泡，這就是證據。以前在丹麥也曾發生過這樣的事情，哥哥曾告訴我這麼個短短的浪漫故事。雖然哥哥的話總是胡說八道，一點也不眞實，但只有對那件事，我覺得就算是哥哥編造出來的假話，倒也是美麗的故事。

以前，丹麥有位醫生在解剖船難失事的年輕水手屍體時，用顯微鏡察看他的眼球，發現眼睛的網膜中竟然反射出一家團圓的美麗景象。醫生把這件事告訴小說家朋友，小說家在驚訝之餘，對這件不可思議的事提出了這樣的見解：「那年輕的水手因船難而捲進怒濤裡，之後又被打上岸，他拚命地緊緊抓住燈塔的窗邊，想要大叫救命。猛然間窺見窗戶裡，燈塔看守員一家人正在忙著準備開始快樂的晚餐。『啊啊！不可以！』想到自己淒慘地大叫救命會打擾到這一家人的團聚，他攀爬在窗沿的手指力量便開始變得薄弱，就在這時，唰地一陣大浪襲來，水手的身體又被海浪給沖走了。」應該是這樣，這水手是世上最善良且最高貴的人。聽他這樣解釋，醫生也表贊成。於是兩人就隆重地將水手的屍體埋葬。

我願相信這故事。即使是科學上所不可能發生的事，我還是願意相信。在那下雪的夜裡，我突然想到這故事，決定試著在眼睛底下留下美麗的雪景，把它帶回家，告訴嫂嫂：

「嫂嫂，請看我的眼睛。這樣肚裡的寶寶會變漂亮喔！」

以前，嫂嫂曾經笑著拜託哥哥說：

「請幫我在房間牆壁上貼上美人的圖案。我每天看著這樣的圖畫，就會生出漂亮的寶寶。」

哥哥那時也認眞地點頭說：「唔……是胎教嗎？那很重要。」

於是，哥哥把孫次郎嬌豔的能劇照片和雪小面那悲情的能劇照片並排地貼在牆壁上，然後又在兩張能劇照片中間牢牢地貼上自己滿面愁容的照片，眞讓人受不了。

「拜託，請把你的照片拿下來。看到那個，我的胸口會不舒服。」溫馴的嫂嫂果然也無法忍受，像是懇求般地拜託哥哥無論如何一定要把那張照片拿下來。看著哥哥的照片，一定會生出像猿面冠者的寶寶。哥哥露出一臉不可思議的表情，恐怕他還覺得自己是美男子哩！眞是一個笨蛋！嫂嫂現在爲了肚裡的寶寶，眞的很想一直看到世上最美麗的東西。如果我把今天這雪景存在我的眼睛底下，然後帶給嫂嫂看的話，比起魷魚乾這樣的禮物，嫂嫂應該會更高興好幾倍、好幾十倍。

我放棄魷魚乾，在回家的路上，儘可能地眺望周圍美麗的雪景。不只是眼珠底下，一直到胸口，都藏有純白的美麗景色。回到家，我馬上對嫂嫂說：

「嫂嫂，快看我的眼睛。我的眼睛底下藏有最漂亮的景色喔！」

「什麼？怎麼了？」嫂嫂笑著站在我面前，把手放在我的肩上。

「眼睛到底怎麼了？」

「哥哥曾告訴過我。在人的眼睛底下，會殘留剛剛所看到的景象。」

「爸爸的話別放在心上，都是騙人的。」

「不過，只有那事是眞的喔！我只相信那個。快、快看我的眼睛。我看了很多很多美麗的雪景回來。快、快看我的眼睛，這樣一定會生出有著雪般美麗肌膚的小寶寶喔！」

「喂！」

就在這時候，哥哥從隔壁六榻榻米大的房間出來，「與其看順子那雙單調的眼睛，看我的說不定還會有百倍的效果！」

「爲什麼？爲什麼？」我突然很憎惡哥哥，好想揍他。

「嫂嫂說過看到哥哥的眼睛，胸口會不舒服。」

「才沒那回事。我的眼睛可是看了二十年美麗的雪景。我在山形一直住到二十歲。順子還沒懂事時就來到東京，根本就不知道山形美麗的雪景，才看了東京這樣的小雪景就在騷動，眞是無聊。我的眼睛可是看了百倍、千倍，甚至連自己都覺得看膩的美麗雪景，說什麼都會比順子來得更上等。」

我懊惱地想要哭泣。此時，嫂嫂救了我，微笑靜靜地說：

「但是，爸爸的眼睛裡除了有幾百倍、幾千倍的美麗風景，同時也有幾百倍、幾千倍骯髒的東西啊！」

「對啊！對啊！比起優點，缺點也很多呢！所以眼睛才會變得那麼黃濁，好噁心。」

「這麼神氣，眞討厭！」哥哥頓時感到生氣，又鑽回隔壁六榻榻米大的房間去。

BEST OF LITERATURE

太宰治生平年譜

一九〇九年（明治四十二年）

本名為津島修治。六月十九日出生於青森縣北津郡金木村。

津島家是津輕首屈一指的大地主、大富豪。父親津島原右衛門曾任眾議院議員，後被選為貴族院議員，算是貴族階級，同時經營銀行與鐵路，母親體弱多病，所以自小便在姑母及保母照顧下長大。家中本有六男，兩位兄長夭折，只剩文治、英治、圭治三兄長以及四個姊姊，家中兄弟排行第六，三年後弟禮治出生。

一九一六年（大正五年）七歲

進入市立金木普通小學就讀。成績傑出。

一九二二年（大正十一年）十三歲

小學第一名畢業，通學至有兩公里遠的明治高等小學就讀。

一九二三年（大正十二年）十四歲

三月，身為貴族院議員的父親去世，享年五十三歲。四月，進入青森縣立青森中學就讀，寄宿於該市寺町的遠親豐田家。

中學時於校友會誌中發表作品，與阿部合成、中村貞次郎等友人編製同人雜誌寫小說、雜文及戲劇，對泉鏡花、芥川龍之介的文學相當傾倒。

一九二七年（昭和二年）十八歲

進入弘前高等學校文科甲組（英語）就讀，寄宿於遠親藤田家。

芥川的自殺對他的衝擊很大。不久認識青森市濱町玉家方藝妓紅子（小山初代）。

一九二八年（昭和三年）十九歲

創刊編輯同人誌「文藝細胞」，以辻島衆二的筆名發表《無間奈落》。思想上漸受馬克思主義的影響，也因對自己出身感到苦惱而有服安眠藥自殺的意圖。

一九三〇年（昭和五年）二十一歲

進入東京帝國大學法文科就讀，住宿在戶塚取訪町常盤館。與井伏鱒二會面，奉為終身之師。參與共產黨運動，幾乎沒有上課。六月，三兄圭治去世。結識銀座酒吧女田邊，相約在鎌倉腰越町海岸殉情。以致田邊死亡，因協助自殺而遭起訴，此事是他終身難忘的罪惡意識，心境凝聚在《道化之華》、《虛構之春》中。後來小山初代來東京，互定終身後暫時回鄉，後遭分家除籍，靠小山家資助。

一九三一年（昭和六年）二十二歲

二月與小山初代同居，號朱麟堂，沉迷於俳句之中。

一九三二年（昭和七年）二十三歲

因爲對左翼非法運動絕望，現在的投入僅爲尋求自我毀滅之道，後來向青森警察署自首，正式放棄非法運動，並回帝大重修，傾心於寫作之中。

一九三三年（昭和八年）二十四歲

開始用太宰治這個筆名。頻繁出入井伏鱒二家，結識伊馬鵜平（春部）、中村地平、小山祐士、檀一雄等人。

一九三四年（昭和九年）二十五歲

藉井伏鱒二之名於「文藝春秋」中推出《洋之介的氣焰》。十二月，與津村信夫、中原中也、山岸外史、今官一、伊馬鵜平、木山捷平等人共同成立同人雜誌「青花」，發表《浪漫主義》。

一九三五年（昭和一〇年）二十六歲

二月發表《逆行》。三月參加東京都新聞社的求職測驗落選後，企圖於鎌倉山上吊自殺，並自帝大輟學，發表《道化之華》。四月罹患盲腸炎併發腹膜炎，療養身體至夏天。七月移居千葉縣船橋町，藥物中毒。八月《逆行》入圍第一回芥川獎，並開始和田中英光通信。

一九三六年（昭和十一年）二十七歲

爲治療藥物中毒，進入芝濟生會醫院接受治療，四月於「文藝雜誌」發表《陰火》，五月於「若草」發表《關於雌性》，六月第一個創作集《晚年》出版。期待已久的第三回芥川賞落選，心情備受打擊。後來接受井伏鱒二的建議，進入江古田武藏野醫院治病，一個月後出院，撰寫《二十世紀旗手》、《HUMAN LOST》。

一九三七年（昭和十二年）二十八歲

三月與初代至水上溫泉，企圖吃安眠藥自殺，但未成功。回東京後與初代離別。發表《虛構的徬徨》、《燈籠》。

一九三八年（昭和十三年）二十九歲

九月發表《姥捨》、《滿願》，十一月移居至甲府市西堅町，發表多篇隨筆。

一九三九年（昭和十四年）三〇歲

一月在井伏鱒二夫妻撮合下，與石原美知子舉行結婚典禮，於甲府市御崎町築新居。

三月於「文學界」發表《女生徒》，因《女生徒》而獲北村透谷獎。

一九四〇年（昭和十五年）三十一歲

確定了新進作家的地位，發表的作品增加。

開始連載《女的決鬥》、《俗天使》、《鷗》、《哥哥們》、《老海德堡》等作品。創作集的單行本《皮膚與心》、《回憶》於前半年發行。《越級控訴》、《快跑！梅樂斯》發表後更是被譽為名作。受邀演講的機會增多，於東京商大以《近代之病》為題發表演說，亦於新瀉高校演說。

一九四一年（昭和十六年）三十二歲

以《東京八景》為首，承襲前年，繼續有豐富的創作。長篇《新哈姆雷特》、《千代女》、限定版《越級控訴》等分別發行。

六月長女園子誕生，經由北芳四郎的鼓勵，探訪十年不見的鄉里金木町的老家。

一九四二年（昭和十七年）三十三歲

九月發表《花火》，遭到全文刪除。（《花火》後來改名為《日的料理》）十月收到母親病重的通知，與美知子和園子返回老家，十二月母親去世（享年七十歲）。

一九四三年（昭和十八年）三十四歲

為了亡母三十五天的法事，與妻子結伴返鄉。完成長篇《右大臣實朝》。

一九四四年（昭和十九年）三十五歲

發表《裸川》（新解諸國故事）、《佳日》。東寶電影公司將《佳日》拍成電影。受中央情報局與文學報國會將「大東亞五大宣言」予以小說化之託，研究魯迅。為寫小山書店的《新風土記叢書》中的《津輕》，五月十二日由東京出發，到六月五日回東京，探訪津輕並於七月完成。八月長男正樹誕生。為出版《雲雀之聲》等事宜與小山書店洽談，即將出版之際，工廠遭到空襲，全化為烏有。十二月二十日，為調查魯迅於仙台的事蹟赴仙台。同年，小山初代於青島去世。

一九四五年（昭和二〇年）三十六歲

二月完成魯迅傳記《惜別》，由朝日新聞社發行。
三月在空襲警報下執筆寫《伽草紙》。三月底妻子至甲府娘家避難，轟炸之後家被毀損。暫時至龜井勝一郎的家中避難，將小山清留下，前往妻子的避難地，將書籍與其他行李移至市外千代田村，七月甲府遭炸彈攻擊後家全毀，後與妻子經過東京返回老家津輕。

一九四六年（昭和二十一年）三十七歲

開始了戰後的活躍。發表了多部作品，期間舉行戰後最初的眾議院選舉，長兄文治當選。五月，芥川比呂志為《新哈姆雷特》於思想座上演的許可登門造訪。七月，祖母去世（享年九十歲）。《冬季的花火》預定由新生新派於東劇上演，後遭麥克阿瑟禁演。

一九四七年（昭和二十二年）三十八歲

送別昔日同居的小山清去北海道夕張炭坑。二月，去田中英光的別居，伊豆三津濱旅行，於安田屋旅館停留到三月上旬，完成《斜陽》的一、二章。三月底，次女里子出生。同年春，結識二十八歲的山崎富榮。六月底完成《斜陽》，十月餘發表《阿三》和隨筆《話說我的這半生》。十一月，與太田靜子生一女，取名爲治子。

一九四八年（昭和二十三年）三十九歲

再次以《如是我聞》震驚文壇並著手寫《人間失格》，其後完成《第二的手記》。此時隨著肺結核惡化，身體以極度虛弱，時常吐血。六月十三日深夜，與山崎富榮一齊在玉川上水投水自盡，在三十九歲生日當天找到遺體。二十一日在豐島與志雄、井伏鱒二主持下於自宅舉行告別式，葬於三鷹町禪林寺。

國家圖書館出版品預行編目資料

女生徒 / 太宰治著； 李桂芳譯. -- 初版. -- 臺北縣深坑鄉：立村文化，2009.08 面 ； 公分. --（世紀文選 ；7） ISBN 978-986-85198-7-9（平裝） 861.57 98010436

世紀文選 07

女生徒

作　　者/太宰治
譯　　者/李桂芳
出 版 者/立村文化有限公司
地　　址/臺北縣深坑鄉北深路三段270巷2號6樓
電　　話/(02)8662-6919
劃撥帳號/50041716
戶　　名/立村文化有限公司
法律顧問/承理法律事務所
發 行 日/2009年8月 初版一刷
售　　價/200元

ISBN978-986-85198-7-9